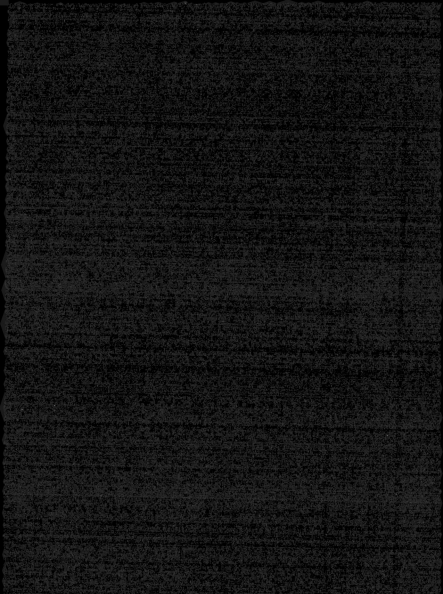

謎新聞ミライタイムズ

The Mirai Times

①ゴミの嵐から学校を守れ！

［著］佐東みどり

［絵］フルカワマモる　［謎制作］SCRAP

［監修］「シャキーン！」制作スタッフ

謎新聞ミライタイムズ

①ゴミの嵐から学校を守れ！

もくじ

キャラクター紹介《しょうかい》……4
プロローグ　トキオとキョウコ……6
第1話　ゴミの嵐《あらし》から学校を守《まも》れ！……22
第2話　ワンワンパニック！……42
第3話　シルクハット団《だん》の甘《あま》いワナ！……60

第4話　ねらわれたキョウコ！……84
第5話　一流《りゅう》の記《き》者《しゃ》をめざせ！……104
第6話　トキオと伝《でん》説《せつ》のプリン！……126
第7話　本を守《まも》れ！……144
第8話　名コンビ、解《かい》散《さん》!?……162
エピローグ　シルクハット団《だん》の正体!?……192
↓
最《さい》後《ご》の謎《なぞ》……206

キャラクター紹介《しょうかい》

トキオ

新聞部部長《しんぶんぶぶちょう》。謎《なぞ》を解《と》くのが得《とく》意《い》な小学5年生の男の子。趣味《しゅみ》はアリの行列《ぎょうれつ》の観察《かんさつ》。口ぐせは「スッパぬきだぜ!」。

キョウコ

新聞部副部長《しんぶんぶふくぶちょう》。記者《きしゃ》にあこがれる小学5年生の女の子。キレイ好《ず》きで、面倒見《めんどうみ》のいいお姉さんタイプ。いつもピンク色のカメラを首から下げている。

モモコ

トキオたちのクラスメイト。壁新聞《かべしんぶん》「トキオタイムズ」の数少ないファンのひとり。

エイジ

トキオたちのクラスメイト。水泳《すいえい》が得意《とくい》で、あだ名は「バショウカジキのエイジ」。

シルクハット団《だん》

謎新聞《なぞしんぶん》「ミライタイムズ」を発行《はっこう》する、謎の秘密結社《ひみつけっしゃ》。いつも新聞から発《はっ》せられるホログラムとして現《あらわ》れる。正体はいっさい不明《ふめい》。

山《やま》川《かわ》先生

トキオとキョウコの担《たん》任《にん》の先生。いつもジャージ姿《すがた》で、絵をかくのが好《す》き。

校長先生

トキオとキョウコが通う学校の校長。真面目《まじめ》だけがとりえ。

プロローグ

トキオとキョウコ

「このネタ、スッパぬきだぜ！」

雲ひとつない青空の下、小学校の校舎《こうしゃ》に大きな声がひびきわたった。

ある部屋《へや》の中に、青色の帽子《ぼうし》をかぶり、えりを立てた白いシャツに赤いネクタイをして、青いサスペンダーでズボンをとめている元気そうな男の子が立っていた。

小学5年生のトキオである。

トキオのとなりには、赤いリボンで長い髪《かみ》をくくった、同じクラスの女の子・キョウコが立っている。

トキオとキョウコは新聞部《しんぶんぶ》に所属《しょぞく》している。トキオが部長《ぶちょう》で、キョウコが副部長《ふくぶちょう》だ。

ふたりは学校で起《お》こるさまざまなできごとを取材《しゅざい》し、記事《きじ》をかいて、毎週壁新聞《かべしんぶん》『トキオタイムズ』を発行《はっこう》している。

今、トキオは、腰《こし》につけたポーチからパイプ形《がた》のペンを取《と》りだし、目の前をさしている。そこにはロッカーがあり、その中に、コスプレ衣装《いしょう》がかけられていたのだ。

「まさか、こんなところにあったなんてね……」

キョウコがつぶやく。

「事実《じじつ》は小説《しょうせつ》より奇《き》なりってことだ」

「大スクープね！」

キョウコは首から下げたピンク色のカメラをかまえると、その衣装を激写《げきしゃ》した。

「おい！　キミたち何をしているんだ！」

突然《とつぜん》、ふたりのもとに男の先生がかけこんできた。

「ここは校長室だぞ。わたしの許可《きょか》なく勝手《かって》に入っちゃいかん！」

校長先生である。

時刻《じこく》は朝の7時。いつもより早く学校にやってきたトキオとキョウコは、あることを調《しら》べていくうちに、校長室にたどりついた。

「ここで何をしてるんだね？」

「取材《しゅざい》です！」

「取材……？」

トキオは、校長先生をパイプ形《がた》のペンでさすと、にやりと笑《わら》った。

「あなたが、ネズミネコ男爵《だんしゃく》だったんですね！」

その言葉《ことば》に、校長先生は目を大きく見開《みひら》いた。

最近《さいきん》、校内で奇妙《きみょう》な事件《じけん》が起《お》きていた。

放課後《ほうかご》、だれもいないはずの音楽室で、人気アニメ『魔女《まじょ》魔女マージョちゃん』に出てくる、ネズミのようなネコのような紳士《しんし》・ネズミネコ男爵がたびたび目撃《もくげき》されるようになっていたのだ。

しかも、ネズミネコ男爵が目撃されるとき、決《き》まってアニメのエンディング曲《きょく》が聞こえてくるのだという。

「ネズミネコ男爵って歌で呪《のろ》いをかけるのよね。みんな、呪われるんじゃないかって、

音楽室へ行くのこわがってたんだから」

「そもそも、アニメのキャラが現実《げんじつ》に現《あらわ》れること自体、いくらファンでもふつうにビビるからな」

ふたりがそう言うと、校長先生は「そんなものわたしは知らん！」と声をあらげた。

「だいたい、わたしがなぜ、そのなんちゃら男爵《だんしゃく》にならなくちゃいけないんだ⁉」

「校長先生、しらばっくれてもだめですよ。あなたはネズミネコ男爵のことをちゃ〜んと知ってますよね？」

トキオはロッカーにかけられたコスプレ衣装《いしょう》を見た。

ネコ耳のついた白いシルクハットに、白いタキシード。白いズボンには、くるんと巻《ま》いたネズミの尻尾《しっぽ》がついている。それはネズミネコ男爵がいつも着《き》ている衣装だ。

「どうしてこれが、校長室のロッカーに入っているんですか？」

「そ、それは、だれかがわたしのロッカーに勝手《かって》に入れただけだ」

「へえ〜、勝手に、ですかあ」

「トキオ、そろそろ校長先生を楽にさせてあげたほうがいいわよ」

「そうだな」

トキオは自信満満《じしんまんまん》の笑《え》みをうかべると、校長先生をじっと見た。

「オレ、ワナをしかけていたんです。犯人《はんにん》がだれなのか調《しら》べるために」

そう言って校長先生の足元に視線《しせん》を落《お》とすと、ズボンのすそに何かついている。

白いチョークの粉《こな》だ。

「昨日《きのう》、6時間目の授業《じゅぎょう》が終《お》わったあと、すぐに音楽室に行って、床《ゆか》に粉をまいておいたんです。放課後《ほうかご》にくるであろうネズミネコ男爵《だんしゃく》が、どこのだれなのか追《つい》せきするために」

校長先生がはっとして、床を見ると、校長室の外からロッカーの前まで続《つづ》くチョークの足あとが、はっきりと残《のこ》っていた。

「ほんとびっくり。まさか校長先生がネズミネコ男爵《だんしゃく》だったなんて」

「おっキョウコ！　バッグの中に白いロン毛のカツラがあったぞ」

「あっ、こっちには、呪《のろ》いをかけるときに使《つか》う白いマイクもあるわね！」

トキオとキョウコは興奮気味《こうふんぎみ》にロッカーの中をあさった。

「これで、来週号《らいしゅうごう》の特集《とくしゅう》は決《き》まりだな！」

トキオはポーチの中から手帳《てちょう》を出し、メモをとりはじめた。

「タイトルはそうだな～、『ネズミネコ男爵はマジで真面目《まじめ》な校長先生！』。よおし、キョウコ、写真《しゃしん》を撮《と》っておいてくれ」

「わかった。校長先生、良《よ》かったら、このコスプレするところを写真に撮らせてもらえますか？」

「あ、あのねえ……」

「ほら、早く。呪いをかけるときみたいにマイクを持《も》って、こぶしをきかせながら歌ってください」

「だ、だから……」

「ほらほら、はずかしがらないで」

「いいかげんにしなさ～い！」

小学校の校舎《こうしゃ》に、校長先生の大きな声がひびきわたった。

「まったく。ボツにすることないよな」

昼休み。トキオとキョウコは、新聞《しんぶん》部《ぶ》の部室《ぶしつ》にいた。

　新聞部の部室は、使《つか》わなくなった机《つくえ》やイスなどをかたづけておく物置《ものおき》で、1階《かい》の階段《かいだん》のよこの、だれも通らないような場所《ばしょ》にある。入り口のドアには物置（兼《けん》、新聞部）とかかれたプレートがかけられていた。

机《つくえ》をはさみ、ふたりはイスにすわっている。

まわりには、数えきれないほどの机とイスが積《つ》みかさねられていた。

「写真《しゃしん》まで消《け》させるなんて、ほんと最悪《さいあく》よね」

校長先生は、放課後《ほうかご》、みんなが学校から帰ったのを見はからい、ネズミネコ男爵《だんしゃく》のコスプレをして、音楽室にしのびこんでいた。

アニメのエンディング曲《きょく》にあわせ、『マージョちゃんダンス』の練習《れんしゅう》をするためだ。

校長先生は以前《いぜん》から人気アニメのコスプレをしては、曲にあわせてダンスを踊《おど》るのが好《す》きだった。

しかし、家には奥《おく》さんと子どもがいて、コスプレをして踊っているところを見られるのがはずかしかった。そのため、放課後こっそり、だれもいない音楽室で踊っていたのだ。

校長先生は、このことをまわりに秘密《ひみつ》にしていたらしい。

「別《べつ》にはずかしがることないのにな。オレだって、アリの行列《ぎょうれつ》を見てるの大好きだし」

「アリの観察《かんさつ》と校長先生のするコスプレダンスじゃ、話がちがうんじゃない？」

「そっか。アリの行列《ぎょうれつ》を見ることのほうが、まわりには秘密《ひみつ》にしておきたいもんな」

「いや、別《べつ》に言ってもだれも気にしないと思うけど」

結局《けっきょく》、ふたりは今回のことを記事《きじ》にすることを禁止《きんし》されてしまった。

「この前も、校長先生の記事、のせる前に見つかっちゃって、ボツになったよな」

「3か月前の記事ね。『校長先生、まんじゅうつまみ食い事件《じけん》』」

「1か月前にかいた『校長先生、朝礼中《ちょうれいちゅう》、居眠《いねむ》り事件』もボツになったよな〜」

トキオとキョウコは、またかと、ため息《いき》をついた。

「は〜、ひさしぶりの特《とく》ダネだったのに。こんなことじゃ、毎週トキオタイムズを読むのを楽しみにしているみんなに申《もう》しわけない――」

トキオは壁《かべ》のほうを見る。そこには、今まで発行《はっこう》されたトキオタイムズがはられていた。

トキオタイムズはちょっと変《か》わった新聞で、掲載《けいさい》されるのはふつうの記事だけではない。ときおり学校で起《お》きる事件の真相《しんそう》を、トキオたちが取材《しゅざい》をして、解《と》きあかして、記事にしていたのだ。

『ドッヂボール連続誘《れんぞくゆう》かい事件《じけん》』

『ラブレターがやぶれたー事件』

『ういろう味《あじ》の消《け》しゴム事件』

トキオたちは今まで数かずの難事件《なんじけん》を解決《かいけつ》してきた。

学校のみんなが、本当にトキオタイムズを読むのを楽しみにしているのかどうかはわからないが、だれも解《と》けなかった謎《なぞ》を解きあかしてきたことだけは事実《じじつ》だ。

トキオは勉強《べんきょう》の成績《せいせき》はあまり良《よ》くないが、謎を解く能力《のうりょく》だけは人一倍優《ひといちばいすぐ》れていた。

「うちは代《だい》だいジャーナリストの家系《かけい》だからな」

トキオの自慢《じまん》は、先祖《せんぞ》のトキ衛門《えもん》だ。

「なんて言ったって、江戸幕府《えどばくふ》が終《お》わるのをまっ先にスッパぬいた人だからな！」

「はいはい」

キョウコはその話を何度《なんど》か聞いていたが、いまだに信《しん》じることができなかった。

しかし、トキオのするどい推理力《すいりりょく》だけはみとめていた。

「それでは記者諸君《きしゃしょくん》。気を取《と》りなおして、これから第《だい》56回トキオタイムズ編集会議《へんしゅうかいぎ》を

紙の無駄
私がやりま
ボール
の消し

はじめよう！」

「ふたりだけだけどね」

新聞部《しんぶんぶ》は創部《そうぶ》以来《いらい》、部員《ぶいん》がふえたことがない。これからも多分、ふえないだろう。

「ふたりいれば十分だ」

トキオは部長《ぶちょう》として強がる。

「だけど、『ネズミネコ男爵事件《だんしゃくじけん》』の記事《きじ》がだめとなると、次《つぎ》の特集《とくしゅう》は何にするの？」

「そうだな〜。『授業中《じゅぎょうちゅう》、ヒマつぶし特集』っていうのはどうだ？」

「先生に怒《おこ》られるわよ」

「そうだよな。オレはできれば、難事件《なんじけん》がいいんだよな〜。ありえないような事件の謎《なぞ》をスッパぬくのが、オレの使命《しめい》だからな」

「だれも解《と》いてくれとはたのんでないけどね。あっ、だけど、こんなネタはどう？」

キヨウコはトキオを見つめると、「ほんとかどうか、わからないけどね」と言った。

「最近《さいきん》、全国《ぜんこく》の小学校で起《お》きているらしいんだけどね。教室にはられていた壁新聞《かべしんぶん》が、ある日とつぜん、全然《ぜんぜん》知らない新聞にはりかわっちゃうんだって」

「だれかのいたずらか？」

「それがわからないの。だけどそこには、恐怖《きょうふ》の未来《みらい》が予言《よげん》されていて、放《ほう》っておくと、それが現実《げんじつ》になっちゃうんだって」

「なんだって⁉」

「すでに何校も、予言が現実になって被害《ひがい》が出ているらしいわよ」

「その壁新聞《かべしんぶん》、なんて言うんだ？」

「謎新聞《なぞしんぶん》『ミライタイムズ』——まあ、ただの都市伝説《としでんせつ》だけどね」

キョウコは「あるわけないよね」と笑《わら》った。

しかし、そのとなりで、トキオがうなる。

「やってやるぜ！」

「ちょっと、トキオ、どうしたの？」

「オレのジャーナリスト魂《だましい》に火がついたんだ！　ミライタイムズか、取材《しゅざい》のしがいがありそうだな！」

「だから〜、ただの都市伝説なんだって。どこの学校で起《お》きたことなのかすら、わからないのよ」

「そ、そっか。そうだよなぁ……」

トキオはがっくりとかたを落《お》とした。

「さあ、次《つぎ》の特集《とくしゅう》考えるわよ」

「うん……。じゃあ、アリの行列《ぎょうれつ》特集で……」

「ああんもう！　トキオ、真面目《まじめ》に考えて！」

トキオもキョウコも、このときはまだ予想《よそう》もしていなかった。

まさか、トキオタイムズが謎新聞《なぞしんぶん》ミライタイムズに、はりかえられることになるなんて……。

空が、少しずつくもりはじめていた——。

第1話

ゴミの嵐《あらし》から学校を守《まも》れ！

「は～、今日はほんといい天気ね～」

キョウコは、教室の窓《まど》から見える青空をながめていた。

給食《きゅうしょく》を食べおえて、もうすぐ昼休みの時間になる。

「校庭《こうてい》の芝《しば》ふにすわって、のんびり本でも読もうかな～」

「ちょっと待《ま》ったー！」

とつぜん、トキオがキョウコのそばにかけてきた。

「昼休みの前にやることがあるだろ」

「やることって？」

「給食の次《つぎ》に楽しいことだよ」

トキオはそう言うと、何かをキョウコにさしだした。ほうきだ。

「今からそうじの時間だろ！」

「はああ？」

トキオはそうじの時間になると、急《きゅう》にはりきりだす。家から名前入りのマイほうきを持《も》ってきているのは、おそらく学校じゅうでトキオぐらいだろう。

「なんて言ったって、オレはそうじ大臣《だいじん》だからな！」

「だれもそんなよび方してないし！　だいたい、きれい好《ず》きっていう意味《いみ》なら、わたしのほうがそうだからね！」

「たしかに、キョウコは無類《むるい》のきれい好きだもんな。だけどそうじの時間というのは、ただ教室をそうじすればいいってわけじゃないんだ」

「どういうこと？」

「体を動《うご》かすことによって、授業中《じゅぎょうちゅう》にたまった心のつかれもきれいにそうじするんだよ」

「『授業中にたまった心のつかれ』って、トキオ、いつも居眠《いねむ》りしてるじゃない」

「そ、それは……。オレは、睡眠学習《すいみんがくしゅう》してるんだよ」

「あのねえ」

「とにかく、今日もはりきってそうじをするぞ！」

トキオはあきれるキョウコをよそに、机《つくえ》をいきおいよく前に動《うご》かしはじめた。

そのとき、男の声がひびいた。

「ぶわははっはっはっはっは！　そうじなんて面《めん》どうくさいことやめてしまえ〜！」

「だれだ⁉」

トキオとキョウコは声がした教室のうしろのほうを見た。うしろの掲示板《けいじばん》には『トキオタイムズ』がはられている。そのトキオタイムズが黒い煙《けむり》につつまれていた。

「あああ！」

次《つぎ》の瞬間《しゅんかん》、煙が消《き》えると、トキオタイムズが、謎新聞《なぞしんぶん》『ミライタイムズ』にはりかえられていた。

「ミライタイムズだって、まさか⁉」

「ついに、うちの学校にもきたんだな！」

The Mirai Times
ミライタイムズ

「信《しん》じられない。だれかのいたずらじゃないの？」

「いたずらではない！　ぶわははっは！」

ミライタイムズがかがやき、シルクハットをかぶった人の、顔のような形が立体的《りったいてき》にうかびあがった。

ホログラムだ。

正体はまったくわからないが、不気味《ぶきみ》な笑《わら》い声《ごえ》とともに、ふたりに話しかけてきた。

「だれだ、おまえは？」

「わたしはシルクハット団《だん》の団長。ミライタイムズを発行《はっこう》する責任者《せきにんしゃ》だ」

「おまえがこの新聞を作ったってことか！」

「その通り。ミライタイムズには、近い未来《みらい》、キミたちにふりかかるおそろしいニュースがかいてある。事件《じけん》をふせぎたければ、新聞をよ～く見て解決《かいけつ》するんだな。わたしは、キミたちの学校生活が楽しくなるよう協力《きょうりょく》してあげようと思っているんだよ。ぶわははっはっはっはっは！」

団長の笑い声とともに、ホログラムが消《き》えた。

「おそろしいニュースがかいてある？」

トキオとキョウコは、ミライタイムズを見た。

『未曾有《みぞう》の天変地異《てんぺんちい》！　ゴミの嵐《あらし》が学校をおそう！』（この本の巻末《かんまつ》にある謎新聞《なぞしんぶん》No.《ナンバー》001を見よう）

「ゴミの嵐だって⁉」

「そんな嵐がきちゃったら、いつまでたってもそうじが終《お》わらないじゃない」

「それはそれでなんだか燃《も》えてくるな。そうじ大臣《だいじん》になった甲斐《かい》があったかも」

「だから、そうじ大臣なんてなってないし。だいたい、学校じゅうゴミだらけになったら、悪臭《あくしゅう》で授業《じゅぎょう》どころじゃなくなっちゃうわよ」

「悪臭？　それって給食《きゅうしょく》の時間もか？」

「あたりまえでしょ」

「それはいやだ！　教室《きょうしつ》がくさくなったら、給食をおいしく食べられないじゃないか。

給食《きゅうしょく》をおいしく食べて、それから気持《きも》ちよくそうじをするのが、そうじ大臣《だいじん》の基本《きほん》ルールなんだぞ」

「そんなルール知らないし！」

ヒュ～

教室の窓《まど》から風が入ってきた。

「トキオ、見て！」

キョウコが窓の外を指《ゆび》さす。

運動場《うんどうじょう》に小さなつむじ風が起《お》きている。

「まさかあれは！」

トキオはポーチの中から何かを取《と》りだした。

「トゥルース・アイズ！」

名前はすごいが、おもちゃの双眼鏡《そうがんきょう》だ。トキオは双眼鏡でつむじ風を見た。

「ああ！」

つむじ風の中に、紙切れや生ゴミといったゴミがいくつもうず巻《ま》いている。

「放《ほう》っておくと、あれがゴミの嵐《あらし》になるってことか！」

「えええ～！」

「そんなのありえないよ！」

「どうしたらいいの！」

クラスのみんながパニックになる。

「そういえば、トキオ。さっき、シルクハット団《だん》の団長が、事件《じけん》をふせぎたければなんとかって言ってたわよね？」

「ああ。たしか『新聞をよ～く見て解決《かいけつ》するんだな』って……」

トキオとキョウコはあらためて新聞を見る。すると、中に暗号《あんごう》のようなものがかかれていた。

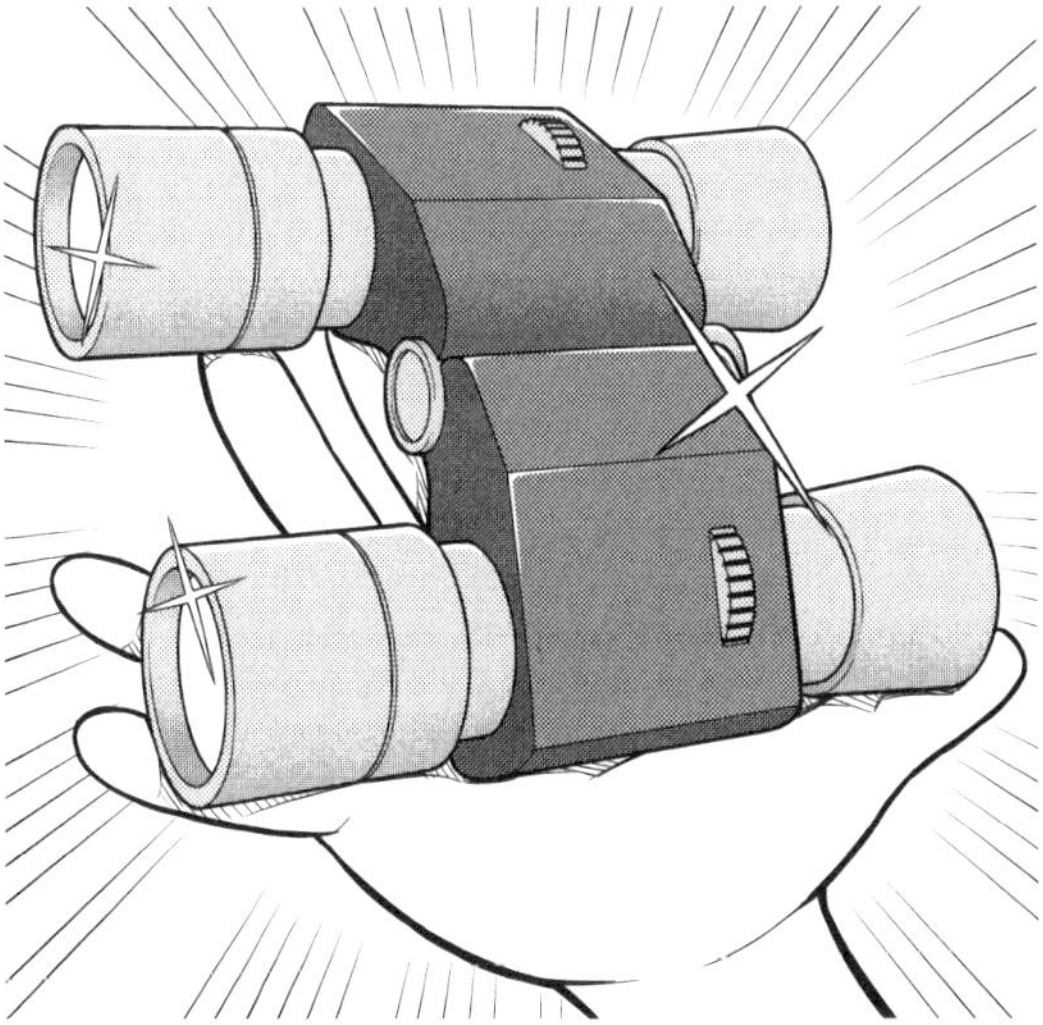

「『との』、『ま』、『じ』、『ぶそ』、『らょ』……？　1文字と2文字のマス目。まん中に空らんが1つ……これを解《と》けってことか？」

「わかったわ！　空らんに文字を入れれば、何かの言葉《ことば》になるのよ。たとえば『あ』を入れれば、『うあぶそ』ね！」

「うあぶそってなんだ？　それにマス目の意味《いみ》は？」

「そ、それはええっと……。ああんもう！　むずかしすぎ！　わたし、全然《ぜんぜん》わからないわ！」

「あきらめたらそこで終《お》わりだ。取材《しゅざい》をすれば、きっと答えが見つかるはずだ」

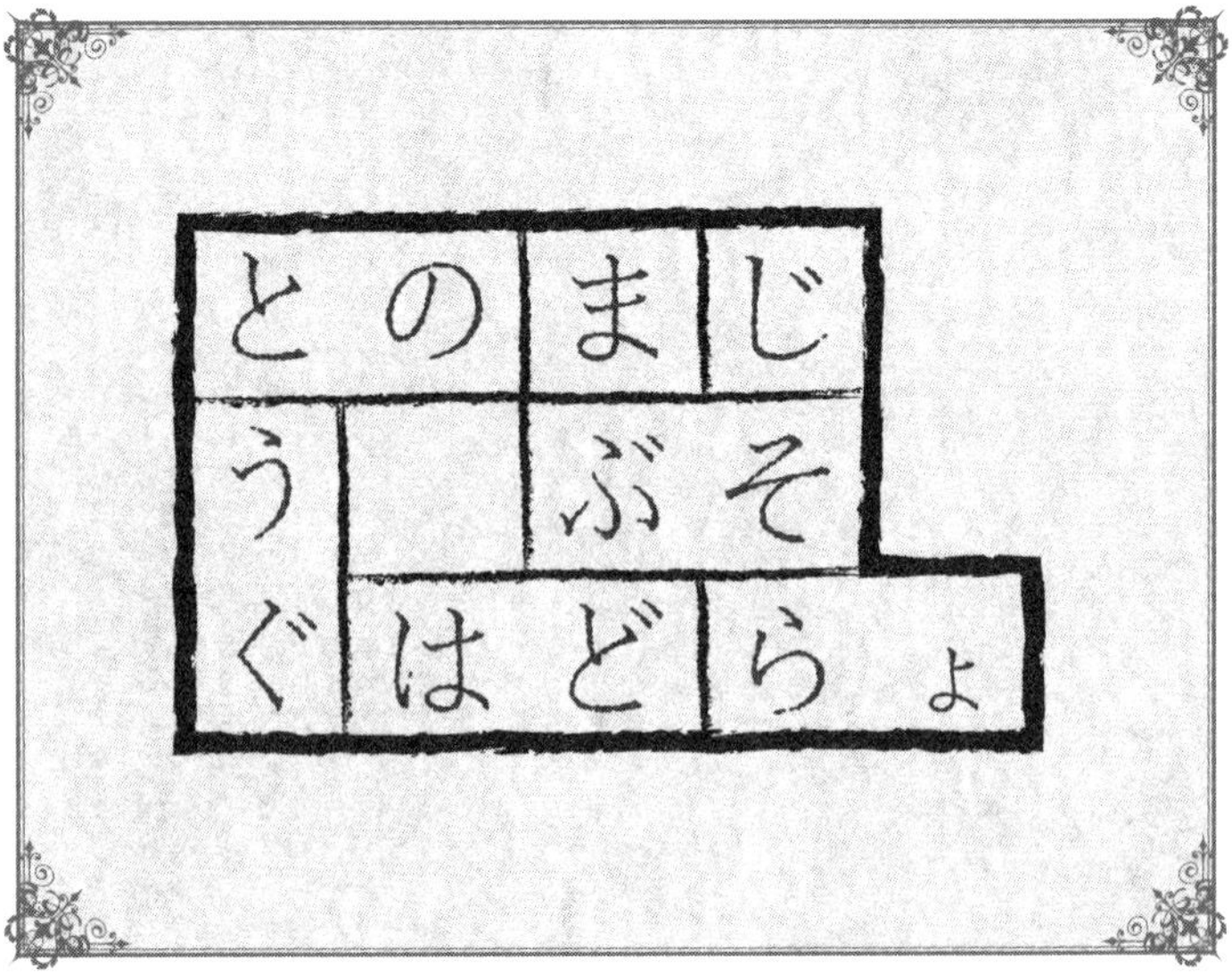

「新聞部《しんぶんぶ》の基本《きほん》ね」

「ああ、記者《きしゃ》は頭で考えるんじゃない。足でさがしまわって真実《しんじつ》にたどりつくんだ！」

トキオの言葉《ことば》に、キョウコはうなずく。

「みんな、オレたちにまかせとけ！」

トキオとキョウコはいきおいよく教室を飛《と》びだした。


ふたりは、手がかりを求《もと》めて校舎《こうしゃ》じゅうをさがしまわった。教室やろう下、階段《かいだん》にげた箱《ばこ》、さらにはトイレの中までさがしたが、手がかりになりそうなものはなかった。

「西側《にしがわ》の校舎にも行ってみよう！」

「何か見つかればいいけど」

校舎は、運動場《うんどうじょう》が見える南側《みなみがわ》の校舎と、体育館《たいいくかん》とプールが見える西側の校舎にわかれている。

トキオとキョウコは、わたりろう下をわたって、西側の校舎へむかった。

「あらっ？」

西側《にしがわ》の校舎《こうしゃ》にある3年生の教室をのぞくと、みんな何事《なにごと》もないかのようにそうじをしていた。

「そっか。まだゴミの嵐《あらし》がきていることに気づいてないのね」

3年生の教室の窓《まど》からは運動場《うんどうじょう》が見えないのだ。

するととつぜん、トキオが口を開《ひら》いた。

「そんなやり方じゃだめだー！」

教室にかけこみ、机《つくえ》を移動《いどう》させようとしていた男の子の前に立つ。

「だれですか？」

「そうじ大臣《だいじん》だ！　キミのそのやり方はまるでだめだ！」

トキオは男の子から机をうばうと、両端《りょうはし》をにぎり、腰《こし》を落《お》とした。

「いいか？　机を移動させるときは、こうやるんだ！」

トキオはそう言うと、机を持《も》ちあげ、いちばん前まで一気に移動させた。

「ちょっと、何やってるのよ〜」

キョウコはそんなトキオにあきれながら、そばにやってきた。

「何って、そうじ大臣《だいじん》としてそうじのやり方を――」

「そんなことやってる場合じゃないでしょ！　ゴミの嵐《あらし》がせまってきてるのよ！」

キョウコはトキオのうでを引っぱると、教室から出て、ドアを閉《し》めた。

しかし、トキオはまだ教えたりないと思い、すぐにドアを開《あ》けた。

「キミたち、ほうきの使《つか》い方《かた》もまるでだめだ！」

「だからそういうのはいいから！」

トキオは何かに夢中《むちゅう》になると、すぐにほかのことを忘《わす》れてしまうのだ。

「まったくもう～。開けたドアはちゃんと閉めなさいよね！」

キョウコはため息《いき》をつきながら、トキオが開けたドアをまた閉めた。

「ん？」

トキオは、その閉められたドアを、じっと見つめた。

前に移動《いどう》した机《つくえ》も見た。

ドアと机を見ながら、うでを組み、考えこむ。瞬間《しゅんかん》、トキオの脳裏《のうり》に電気が走った。

「そういうことか！　あの空らんは、ただ空いてるんじゃない。空けてあったんだ！」

トキオはポーチの中から手帳《てちょう》とペンを取《と》りだすと、いきおいよく何かをかきこみはじめた。そして、ペンを持《も》った手を天にむかってつきあげた。

「このネタ、スッパぬきだぜ！」

トキオは自信満《じしんまん》まんな表情《ひょうじょう》をうかべると、キョウコを見た。

「ドアを開《あ》ける。机《つくえ》を移動《いどう》させる。ヒントは**文字をパズルのように組みかえること**だ！」

ふたりは自分たちの教室にもどってきた。

窓《まど》の外を見ると、つむじ風は先ほどより大きくなっていた。

「大変《たいへん》！　トキオ、早く答えを教えて」

「わかった！」

トキオは、キョウコの目の前にある窓を開《あ》けた。

「ちょっと、風が入ってくるでしょ」

「窓を開けて、閉《し》める！」

トキオは窓を閉めた。

そのまま、そばにあった机《つくえ》をつかむと、今度《こんど》はその机を前へと移動《いどう》させた。

「机を移動させる！」

「トキオ、さっきから何やってるのよ？」

「ヒントだよ。こんなふうに、空いているスペースに机《つくえ》を移動《いどう》させることが、この謎《なぞ》を解《と》くのにも重要《じゅうよう》なんだ!」

「えええ?」

トキオとキョウコはミライタイムズの前に立った。

「つまり、マス目の空らんにむかって、文字を移動させるんだ!」

トキオはポーチの中から何かを取《と》りだした。

「トゥルース・シザーズ!」

名前はすごいが、ふつうのハサミだ。

「ハサミなんかどうするの?」

「ハサミじゃない、トゥルース・シザーズだ! これで切ると真実《しんじつ》がわかるんだ!」

「はああ? 何言ってるのよ?」

トキオはあきれるキョウコをよそに「説明《せつめい》しよう!」と言うと、謎《なぞ》の文字を切りはじめた。

①文字をマス目ごとに切り、もとの通りにならべなおす。

②空らんの部分《ぶぶん》を外す。そしてマス目ごとに切りわけた文字を、穴《あな》の空いた部分へとずらしていく。

③まず、『ぶそ』を左に移動《いどう》させる。次《つぎ》に新しく穴の空いた部分に『じ』をずらす。

④『ま』と『との』を右に移動させて、さらに『うぐ』を上に移動する。

⑤最後《さいご》に、『はど』と『らょ』を左に移動させる。

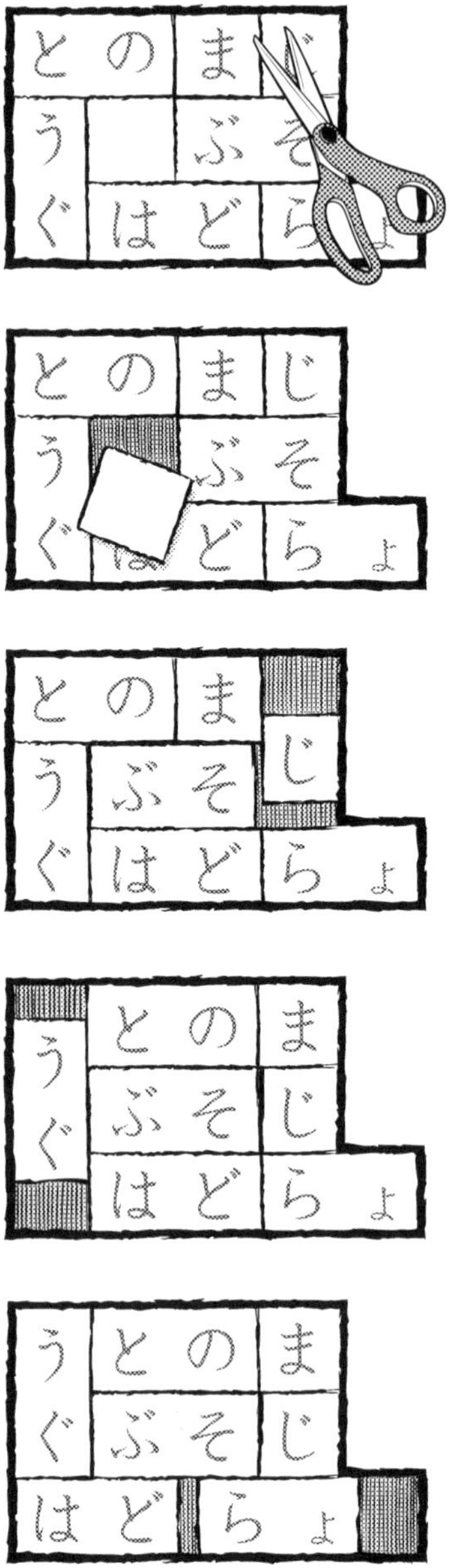

「さあ、右からたてに読んでみて！」

「ええっと、『まじょの……そらとぶ……どうぐは……？』。魔女《まじょ》の空飛《そらと》ぶ道具《どうぐ》？」

「ああ、それって1つしかないだろ？」

トキオに言われ、キョウコは壁《かべ》ぎわを見た。

そこには、トキオのマイほうきがおかれていた。

「もしかして、この謎《なぞ》の答えは……『ほうき』？」

「その通り！」


「ぬうれああああああああ！」


新聞が光りかがやき、シルクハット団《だん》のホログラムがうかびあがった。

「まさかこの謎を解《と》くとは！　給食《きゅうしょく》を食べおわって、満腹《まんぷく》で油断《ゆだん》しているところをねらったというのに！」

「なんだかせこいわね」

「満腹《まんぷく》になったぐらいで、オレたちが謎《なぞ》を解《と》けなくなるとでも思ったか！」

「ゴミの嵐《あらし》なんてほうきではいちゃえばいいのよ！」

「ぬううう。いいだろう。今日のことは頭の中からきれいにはきすててやる。しかし次回《じかい》はこうはいかないぞ！　また会おう！」

ミライタイムズから黒い煙《けむり》が出る。煙が消《き》えると、もとのトキオタイムズにもどった。

「やったわね、トキオ！」

「みごと、スッパぬきだぜ！」

「運動場《うんどうじょう》のつむじ風も消《き》えたみたいね」

「謎《なぞ》を解《と》いたからな」

「だけどまさか、トキオのそうじ好《ず》きが役《やく》に立《た》つことがあるなんてねえ」

「これからは、そうじ大臣《だいじん》トキオ様《さま》ってよんでいいぞ！」

「それだけは、ゴミといっしょにすてられそうになってもいやよ！」

「えええ〜」

「さっ、楽しくそうじしましょ」

「お、おお！」

トキオとキョウコは楽しそうに机《つくえ》を前に動《うご》かしはじめるのだった。

第2話 ワンワンパニック！

「ふぁあああ、ねむい～」

朝。トキオとキョウコはいつものように学校へやってきた。

「ねむいって、ゲームでもしてたの？」

「ちがうよ。夜遅《よるおそ》くまで推理小説《すいりしょうせつ》を読んでたんだ。『フルマラソン探偵《たんてい》』の新しい巻《かん》が出たからな」

「何、それ？」

「主人公《しゅじんこう》が42・195キロを走りながら事件《じけん》を解決《かいけつ》する、人気シリーズだよ」

「走りながらって、まったく意味《いみ》がわからないんだけど」

「犯人《はんにん》はだいたい、同じランナーか沿道《えんどう》で応援《おうえん》している人なんだけどな」

「よくそんなのでシリーズ続《つづ》いてるわね。だけど、トキオって推理小説《すいりしょうせつ》が好《す》きだったっけ？」

「真実《しんじつ》を見つけだす。それって記者《きしゃ》にとっても大切なことだろ。けっこう参考《さんこう》になるんだ」

「そうなんだぁ」

「主人公《しゅじんこう》より早く謎《なぞ》を解《と》きあかすのが、くせになるんだよな～」

「へぇえ。それで、謎は解けたの？」

「あ、えぇっと、それはその……」

「解けてないのね」

「さあ、今日も一日がんばろう～！」

「あのねえ」

あきれるキョウコをよそに、トキオは教室に入っていった。

「ん？」

うしろの掲示板《けいじばん》に、みんなが集《あつ》まっている。

「何してるのかな？」

「もしかして、トキオタイムズを読んでいるのかも！」

掲示板には、トキオタイムズがはってあるが、いつも読む人はほとんどいない。

「ひー、ふー、みー。よー。すごい、10人以上《いじょう》集まってるわ。こんなこと初《はじ》めて！」

「特集記事《とくしゅうきじ》が良《よ》かったんだな。『授業中《じゅぎょうちゅう》のヒマつぶしにアリの観察《かんさつ》をしよう！　第《だい》2弾《だん》！』。やっぱり、アリは読者《どくしゃ》のハートをつかむんだよ！」

「まさか。第1弾をかいたときはだれも読んでなかったじゃない」

「じゃあ、どうしてみんなあんなに夢中《むちゅう》になって読んでるんだよ？」

「それは……」

キョウコが返事《へんじ》にこまっていると、掲示板の前にいたクラスメイトのモモコがやってきた。

「キョウコちゃん、トキオくん、今日の新聞どうしたの？　あの記事《きじ》は何？」

「何って、アリの観察《かんさつ》のしかたを……」

「アリの観察？」

モモコは首をかしげた。

「そんなこと、1行もかいてなかったけど」

「ええっ？」

トキオは「まさか」と思い、あわてて掲示板《けいじばん》の前へと走った。

「ちょっとどいて！　新聞を見せてくれ！」

クラスメイトたちをかきわけると、いちばん前にやってきて、新聞をじっと見つめた。

「ぬああ！　やっぱりオレたちのトキオタイムズが！」

「どうしたの、トキオ？」

見ると、トキオタイムズがミライタイムズにはりかわっていた。

「またミライタイムズになっちゃってる！」

「くそっ、みんなが夢中《むちゅう》になって読んでいたのは、この新聞だったのか」

「ミライタイムズには恐怖《きょうふ》の未来《みらい》の予言《よげん》がかかれているのよね？」

「ああ！」

ふたりはごくりとつばを飲《の》みこむと、新聞の記事《きじ》を読んだ。


『校庭《こうてい》で100万匹《まんびき》の犬　大暴《おおあば》れ！』（謎新聞《なぞしんぶん》No.《ナンバー》0002を見よう）

「100万匹って、校庭じゅう犬だらけになっちゃうじゃない！」

「なき声がかなりうるさそうだな。だけど、それで授業《じゅぎょう》が中止になったらラッキーかも」

「あのねえ。体育《たいいく》の授業もできなくなっちゃうのよ！」

「それはいやだ。体育のない学校なんて、テンションだだ下がりだ！」

「ぶわはははっはっはっはっは！　テンションだだ下がり、けっこうけっこう」

ミライタイムズがかがやき、ホログラムがうかびあがった。

「シルクハット団《だん》！」

「よくも新聞をはりかえたわね！」

「おかげでみんなが見てくれるようになっただろう？」

「みんなをこわがらせるような記事《きじ》をのせるなんて、そんなの新聞なんかじゃない！

新聞というのは、みんなが楽しく読むものなんだ！」

「くくく。犬のようにキャンキャンほえてもむだだ。事件《じけん》をふせぎたければ、新聞を
しっかり見て謎《なぞ》を解《と》くんだな。ぶわははっはっはっはっは！」

団長の笑《わら》い声《ごえ》とともに、ホログラムが消《き》えた。


ワンワン！

遠くから犬のなき声が聞こえてきた。

「なんだ？」

トキオとキョウコは窓《まど》の外を見る。

ワンワン！　ワンワン！　ワンワンワンワンワンワンー！

犬の姿《すがた》は見えないが、学校の外から数えきれないほどのなき声が聞こえてくる。

「まさか、犬たちが校庭《こうてい》にむかってきているのか？」

「100万匹《まんびき》のわんちゃん大行進《だいこうしん》なんて、かわいくもなんともないわ！」

トキオとキョウコは校庭を埋《う》めつくす100万匹の犬を想像《そうぞう》して思わずぞっとした。

「キョウコちゃん、わたし、こわい」

モモコがキョウコのそばにやってきた。

「わたし、幼稚園《ようちえん》のころに犬にかまれたことがあるの。それから犬が苦手《にがて》で……」

「そうなのね」

「100万匹も犬が現《あらわ》れたら、気絶《きぜつ》しちゃうな」

「トキオ！　モモコちゃんのためにも早く謎《なぞ》を解《と》くわよ！」

「おお！」

トキオとキョウコは、謎を確認《かくにん》するためにあらためて新聞を見た。

新聞の中に、奇妙《きみょう》な絵がかかれている。

「これは何？」

「生《い》き物《もの》の絵だよな？　たこに、犬に、いかに、くま……」

「印刷《いんさつ》ミスかしら？　全部《ぜんぶ》かかれてないわね」

「う～ん、シルクハット団《だん》が印刷ミスをした新聞をはるかな？」

「はらないような気がするわね……」

「ここにいてもはじまらない。キョウコ、行くぞ！」

「了解《りょうかい》！　取材《しゅざい》、開始《かいし》ね！」

　トキオとキョウコは校庭《こうてい》にやってきた。

ワンワン！　ワンワン！

犬のなき声がさらに近づいてきているようだ。

「トキオ、どうして校庭《こうてい》にきたの？　もしかして、犬を追《お》いかえすつもりなの？」

「さすがのオレも100万匹《まんびき》は相手《あいて》にできない。犬といえば『花咲《はなさか》じいさん』。花咲じいさんといえば『ここ掘《ほ》れワンワン』だろ。校庭を掘れば、きっと何か手がかりが出てくるはずだ！」

「あのねえ、穴《あな》なんか掘っちゃったら、犬がきてもこなくても体育《たいいく》ができなくなっちゃうじゃない」

「そ、それはいやだ！」

「まったくもう。もっと真面目《まじめ》に考えて」

キョウコはあきれながら、ふと、校舎《こうしゃ》のほうを見た。

「あっ、モモコちゃんだ」

3階《かい》の教室の窓《まど》から、モモコがこちらを見ている。

「応援《おうえん》してくれてるのね！　がんばってるわよ～！」

キョウコは満面《まんめん》の笑《え》みでモモコに手をふった。

「ほらっ、トキオも手をふって！」

「あ、ああ。……ん？」

トキオはモモコの姿《すがた》をじっと見つめ、あることを思った。

「もしかして……」

トキオはポーチの中から何かを取《と》りだした。

「ジャスティス・ロープ！」

名前はすごいが、ただのひもだ。

「ひもなんてどうするのよ？」

「ちがう。シルクハット団《だん》を退治《たいじ》する正《せい》義《ぎ》のロープだ！」

トキオはひもを目の位置《いち》にあわせて、ピンとよこにはった。

「見える。見えるぞ……」

ひもを視線《しせん》のまん中に持《も》ってきて、まわりを見ているようだ。

そしてしばらくすると、うでを組み、考えこんだ。

瞬間《しゅんかん》、トキオの脳裏《のうり》に電気が走った。

「そういうことか！　絵は印刷《いんさつ》ミスなんかじゃなかったんだ！」

トキオはポーチの中から手帳《てちょう》とペンを取《と》りだすと、いきおいよくかきこむ。そして、ペンを持った手を天にむかってつきあげた。

「このネタ、スッパぬきだぜ！」

トキオは自信満満《じしんまん》まんな表情《ひょうじょう》をうかべると、キョウコを見た。

「ヒントは、**絵のどの部分《ぶぶん》が残《のこ》っていて、どの部分が消《き》えているか**だ！」

ふたりは自分たちの教室にもどってきた。

「それでトキオ、答えは何なの？」

「もう一度《ど》、新聞にかかれていた絵を見るんだ」

「絵を？　たこに犬にいかにくま……、それがどうしたのよ？」

「さっき、校庭《こうてい》からモモコちゃんを見ただろ」

「ええ、窓《まど》から手をふって応援《おうえん》してくれてたわね」

「3階《かい》の教室にいるモモコちゃんは、オレたちのいた校庭から見ると、上半身《じょうはんしん》だけしか見えていなかっただろ？」

「たしかにそうね」

「あれを見てピーンときたんだ。それで、ジャスティス・ロープで確認《かくにん》してみた。ひもを目の位置《いち》にあわせて、まわりを見てみると、木は、葉《は》っぱのある枝《えだ》の部分《ぶぶん》と幹《みき》の

部《ぶ》分《ぶん》にわかれて、うんていは、手でつかむはしごの部分とはしごを支《ささ》える鉄柱《てっちゅう》の部分にわかれて見えたんだ」

「わかれて見えた？」

「そう。絵にかかれた生《い》き物《もの》は、どの部分が消《き》えてるかな？」

「ええっと……、そういえば全部《ぜんぶ》、下の部分が消えてるわね」

「その通り！　残《のこ》っているのは、生き物の上の部分だけ。つまり、生き物の名前の『上の部分』だけを読むんだ！」

「上の部分……。『たこ』だと、『た』ってこと？」

「ああ！　ほかの生き物もこんなふうに

なる！」

『犬（いぬ）』――い
『いか』――い
『くま』――く

「えぇっと、上の部分《ぶぶん》の文字を左から読むと……」
「そう、たいいく。答えは、『体育《たいいく》』だ！」

「ぬうわあああああああ！」

新聞が光りかがやき、シルクハット団《だん》のホログラムがうかびあがった。
「ぬうう。まさかこの謎《なぞ》を解《と》くとは」
「残念《ざんねん》だったな。オレたちにかかれば、こんな謎《なぞ》、朝飯前《あさめしまえ》、いや、昨日《きのう》の晩飯前《ばんめしまえ》だ！」

「体育《たいいく》の授業中《じゅぎょうちゅう》に全員《ぜんいん》で犬の散歩《さんぽ》をすれば、犬もストレスがなくなってほえなくなるわ！」

「むむむ。犬だけにワンダフル。今日のところはあきらめてやろう。しかし、次回《じかい》はこうはいかないぞ！　また会おう！」

ミライタイムズから黒い煙《けむり》が出る。

煙が消《き》えると、もとのトキオタイムズにもどった。

「よし！　もとにもどった！」

「やったわね、トキオ！」

「犬のなき声ももう聞こえない。どこかに消えたようだな！」

「ありがとう、トキオくん、キョウコちゃん」

モモコが笑顔《えがお》で礼《れい》を言う。

「なあに、こんなの昨日《きのう》の晩飯前《ばんめしまえ》。いや、昨日の昼飯前《ひるめしまえ》、いやいや、昨日の朝飯前《あさめしまえ》、いやいやいや、一昨日《おととい》の――」

「どこまでもどるのよ！」

「とにかく！　たとえどんな謎《なぞ》でも、オレたちが解《と》いてやる！」

「ええ、わたしたち新聞部《しんぶんぶ》だもんね！」

「さあ、モモコちゃん。オレがかいた特集記事《とくしゅうきじ》を読んでくれ！『授業中《じゅぎょうちゅう》のヒマつぶしにアリの観察《かんさつ》をしよう！　第《だい》２弾《だん》』だ！」

「ええっと、それは……、ま、また今度《こんど》読むわね」

モモコは苦笑《にがわら》いをうかべると、そそくさと自分の席《せき》へもどってしまった。

「そんな！」

「さっきはあんなにいっぱい集《あつ》まってたのに、今はだれも新聞を読んでないわね」

「くうう。犬みたいにクウ～ンってなきたい気分だぜ」

「わたしも、クウ～ン、クウ～ン」

トキオとキョウコは、みんなに新聞を読んでもらうためにもっといい記事をかかなければ、と思うのだった。

第3話

シルクハット団の甘《あま》いワナ！

「いよいよ明日は水泳大会《すいえいたいかい》だな！」

放課後《ほうかご》。トキオとキョウコは家へと帰っていた。道路《どうろ》のわきに植《う》えられた木ぎからは、何匹《なんびき》ものセミのなき声がひびいている。

季節《きせつ》はもうすっかり夏になっていた。

「オレの華麗《かれい》な泳《およ》ぎを見てろよ。ぶっちぎりで優勝《ゆうしょう》してやるからな！」

トキオはそう言うと、交差点《こうさてん》のまん中を歩きながら手をクロールのように動《うご》かした。

まわりの人たちがそれを見て、くすくすと笑《わら》う。キョウコはあわててトキオの手を下げた。

「ちょっと！　はずかしいでしょ」

「ん？　キョウコもいっしょにスイムるか？」

「スイムらないし！　だいたい、トキオが水泳大会《すいえいたいかい》で優勝《ゆうしょう》できるわけないでしょ」

「どうしてだよ？　オレがトビウオ・トキオってよばれてるの知ってるだろ」

「たしかにトキオは泳《およ》ぐの得意《とくい》だけど、うちのクラスには、バショウカジキのエイジくんがいるでしょ」

バショウカジキとは、時速《じそく》１１０キロで泳ぐという水中最速《さいそく》の魚である。

そんなあだ名でよばれるエイジは、保育園《ほいくえん》のころから水泳教室に通っていて、５年生はもちろんのこと、６年生でもかなう者《もの》がいないほど水泳が得意だった。

「そっか。さすがのオレでもエイジには勝《か》てないよな。よし、オレは準優勝《じゅんゆうしょう》を目ざすことにしよう！」

いつもは負《ま》けずぎらいのトキオがあっさり引きさがるほど、エイジの泳ぎはすごかった。

「あら、あそこにいるのは？」

キョウコが橋《はし》のほうを指《ゆび》さす。

橋《はし》の上に立っている、さらさらの髪《かみ》をなびかせた男の子――。エイジだ。ぼんやりと川を見ている。

「エイジくん、何してるのかな？」

「さては、川を見ながら、明日の水泳《すいえい》大会のイメージトレーニングをしてるんだな。オレも1週間前から、風呂場《ふろば》でイメージトレーニングしてるからな」

「風呂場でって、それ意味《いみ》ないと思うけど」

「そんなことない。イメージトレーニングをするのはとっても大切なことなんだぞ」

トキオとキョウコがそんな話をしてい

ると、エイジは橋《はし》から去《さ》っていった。

その表情《ひょうじょう》は、何かなやんでいるように見える。

「エイジくん、元気なかったわね」

「優勝《ゆうしょう》インタビューで何を言うか決《き》まらなくてこまっているんだな」

「学校の水泳《すいえい》大会で優勝インタビューなんてないから！」

「ええ、そうなのか？　オレ、必死《ひっし》に考えてたのに」

ショックを受《う》けるトキオをよそに、キョウコはエイジのことがみょうに気になった。

「エイジくん、ほんとに大丈夫《だいじょうぶ》かな……？」

翌日《よくじつ》。朝から太陽《たいよう》が照《て》りつけ、絶好《ぜっこう》の水泳大会日和《びより》となった。

「おはよー。いやあ、暑《あつ》いねえ」

トキオが元気よく教室に入ってくると――。

「きゃあああー！」

女の子たちが悲鳴《ひめい》をあげた。

「トキオ、そのかっこうは何なの⁉」

「おお、キョウコ。どうだ、気合入ってるだろ？」

なんと、トキオは水着《みずぎ》姿《すがた》で登校《とうこう》してきたのだ。

「もしかして、そのかっこうで家からきたの？」

「もちろん！」

「あのねえ、よく、おまわりさんにつかまらなかったわね」

「おまわりさんも応援《おうえん》してくれたぞ。『ほどほどにするんだよ』って」

「それ、応援じゃないし！」

あきれるキョウコをよそに、トキオはうしろの掲示板《けいじばん》へとむかった。

「来週のトキオタイムズは、『祝《しゅく》・トキオ、水泳《すいえい》大会で準優勝《じゅんゆうしょう》！』で決《き》まりだな！」

そう言いながら、トキオは掲示板にはられた新聞を何気《なにげ》なく見た。

「うわああ！」

「どうしたの⁉」

「お、オレたちのトキオタイムズが！」

「まさか⁉」

トキオタイムズが、またミライタイムズにはりかわっていたのだ。

記事《きじ》の見出しにはこうかかれていた。


『昆虫大量発生《こんちゅうたいりょうはっせい》！　プールの水が甘《あま》いゼリーに⁉』（謎新聞《なぞしんぶん》No.《ナンバー》0003を見よう）

「プールの水が甘いゼリーに変《か》わるだって？」

「昆虫だらけなんていや！」

「だけど、ゼリー食《た》べ放題《ほうだい》だぞ。ゼリーってきんきんに冷《ひ》やして食べるとうまいんだよな～」

「うまいとかうまくないとかの問題《もんだい》じゃないでしょ」

「昆虫《こんちゅう》もつかまえ放題《ほうだい》だぞ」

「だからそういう問題《もんだい》じゃないってば！　このままじゃ、今日の水泳《すいえい》大会中止になっちゃうわよ！」

「なっ！　それはいやだ。大会が中止になったら、水着《みずぎ》で登校《とうこう》してきたオレはただの変《へん》なやつじゃないか！」

「とっくに変なやつよ！」

瞬間《しゅんかん》、ミライタイムズがかがやき、ホログラムがうかびあがった。

「ぶわははっはっはっはっは！　水泳大会なんかやめて、水着姿《すがた》で授業《じゅぎょう》を受《う》けるんだな！」

「シルクハット団《だん》！　オレの準優勝《じゅんゆうしょう》をじゃまする気か！」

「ひどい！　水着姿で授業まで受けたら、トキオがますます変な人になっちゃうじゃない！」

「それがいやなら謎《なぞ》という名の大海《たいかい》をみごと泳《およ》ぎきって、水泳大会を無事《ぶじ》に開《ひら》いてみるがいい。ぶわははっはっはっはっは！」

団長《だんちょう》の笑《わら》い声《ごえ》とともに、ホログラムが消《き》えた。

「絶対《ぜったい》に水泳大会《すいえいたいかい》を開《ひら》いてやるぜ！」

「ええ！　トキオ、新聞を見るわよ！」

トキオとキョウコは、謎《なぞ》を確認《かくにん》するためにあらためて新聞を見た。

すると、新聞の中に、数字と文字がいくつもかかれていた。

「ばらばらにちらばったひらがなと、6つの数字……」

「数字の場所《ばしょ》にひらがなを入れるのかな？」

「とにかく、教室にいるだけじゃ答えは見つからない。キョウコ、行くぞ！」

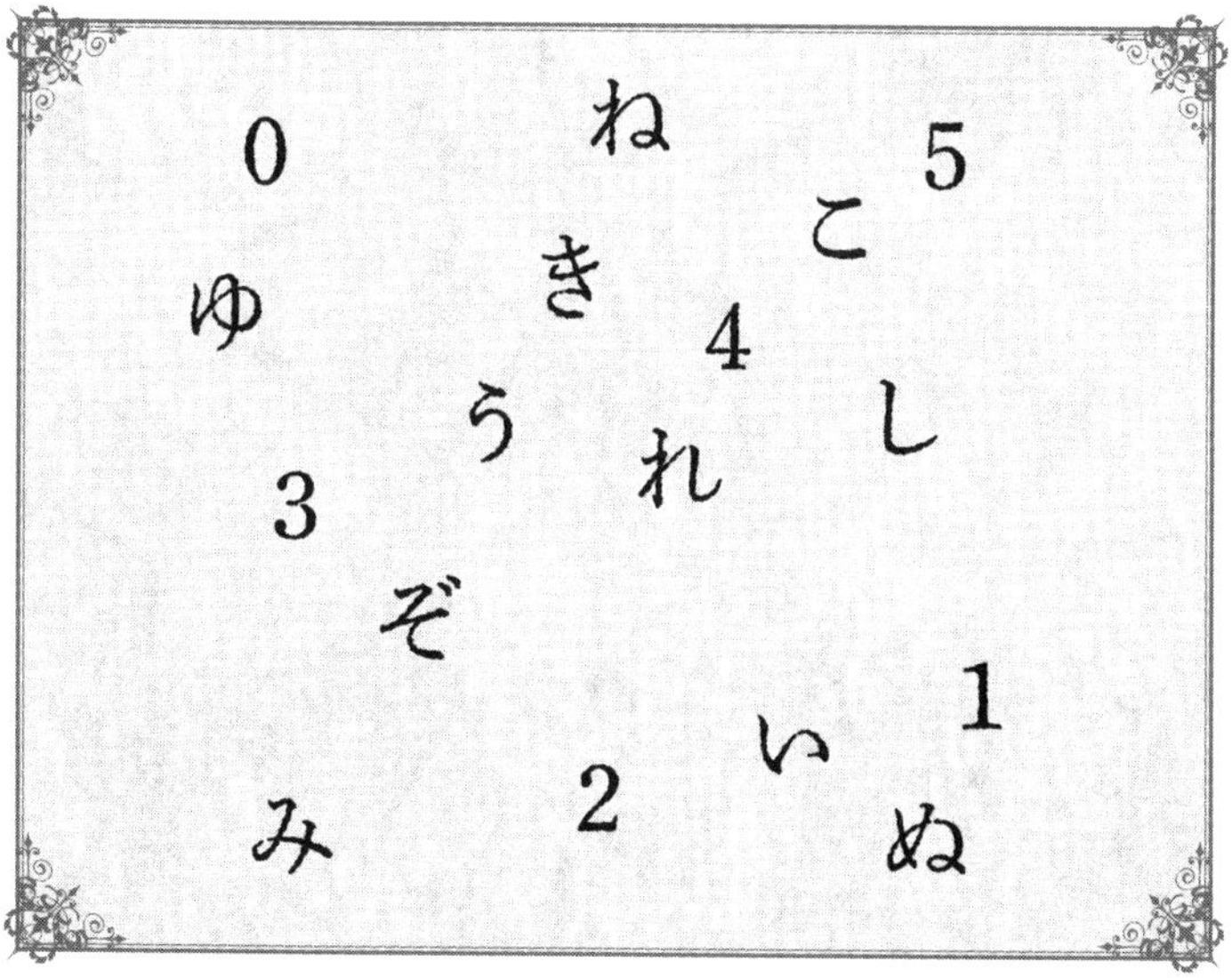

トキオは水着《みずぎ》のまま、取材《しゅざい》に行こうとしている。

「服《ふく》は？」

「今日はこれが正装《せいそう》だ！」

「えええ？」

キョウコははずかしく思いながらも、トキオとともに行くことにした。


トキオとキョウコはプールにやってきた。

「ここなら何か手がかりがあるはずだ」

「プールのことはプールに聞けってわけね」

「その通り。お～い、プールさん、謎《なぞ》の手がかりを教えてくださ～い！」

「ちょっと！　プールがほんとに教えてくれるわけないでしょ」

キョウコはトキオに文句《もんく》を言いながら、ふと、プールの水面《すいめん》を見つめた。

プールには、すでに水泳《すいえい》大会用にレーンをわける、5本のコースロープがはられていた。

「わかったわ！」

「なんだ？　キョウコ」

「謎《なぞ》も、プールみたいに線で区切《くぎ》るのよ。ほらっ、こうやって……」

キョウコは謎をかきうつしたメモに線を入れはじめた。

「上から読むと、ねこ、ゆき、うれし、ぞ、みいぬ！」

「『みいぬ』ってなんだ？　っていうか、数字はどういう意味《いみ》なんだ？」

「それはええっと、そう、コースの番号《ばんごう》！」

「ちがうと思うけど」

「うぬぬぬ、わたしもちがうと思う」

「やっぱり、プールに手がかりを聞くしかないな。お～い、プールさん！」

「だから～！」

「僕《ぼく》も、協力《きょうりょく》するよ」

突然《とつぜん》、声がした。

「おお、プールさんが答えてくれたぞ！」

「まさか！」

「ちがうちがう、こっちだよ」

見ると、トキオたちのうしろに、さらさらの髪《かみ》をなびかせた男の子が立っていた。

「エイジくん！」

「プールがゼリーになるなんてゆるせないよね」

「おまえもミライタイムズ読んだのか」

「ああ、キミたちが謎《なぞ》を解《と》こうとしているのを知って、僕《ぼく》も協力《きょうりょく》したいと思ったんだ。水泳《すいえい》大会がなくなるのはこまるからね！」

「それは助《たす》かるぜ！　トビウオとバショウカジキが組めば最強《さいきょう》だもんな！」

「どこがどう最強なのかよくわからないけど、エイジくんが手伝《てつだ》ってくれるのなら助かるわ」

「じゃあ、さっそく、運動場《うんどうじょう》のほうを見にいこうよ」

「えっ？」

トキオとキョウコは首をかしげた。

「どうして、運動場《うんどうじょう》なんだ？」

「そうね。プールに関係《かんけい》することだから、プールのまわりを取材《しゅざい》したほうが手がかりがあると思うわ」

「いや、プールなんか調《しら》べなくていいよ。謎《なぞ》って意外《いがい》と関係ないところに手がかりがあったりするんだよ」

「なるほど。そう言われればそうかもな」

「う～ん、わたしは関係する場所《ばしょ》のほうが重要《じゅうよう》だと思うけど……」

「いいから、トキオくん、ほらっ、行こう！」

「お、おい、ちょっと！」

エイジはトキオのうでをつかむと、強引にプールから連《つ》れだした。

トキオとキョウコは、エイジとともに、運動場にやってきた。

しかし、手がかりになりそうなものはどこにもなかった。

「やっぱりないわね」

「オレの記者《きしゃ》としての勘《かん》も、ここにはなんの手がかりもないって言ってるよ」

ふたりがそう言うと、エイジが口を開《ひら》いた。

「それだったら、ほかのところをさがしてみようよ」

トキオたちはエイジに連《つ》れられ、ほかの場所《ばしょ》もさがしてみることにした。

しかし、中庭《なかにわ》をさがしても、校門のまわりをさがしても、手がかりは何もなかった。

職員室《しょくいんしつ》や、ほかのクラスの教室、音楽室に図工室、理科室、そして理科準備室《じゅんびしつ》までさがしてみたものの、やはり手がかりはない。

「それじゃあ、次《つぎ》は……」

理科準備室から出てきたエイジは、さらにちがう場所へと移動《いどう》しようとした。

「ちょっと待《ま》った！　おまえ、本気でさがす気ないだろ？」

トキオがエイジをじっと見つめた。

「な、何を言ってるんだよ、トキオくん」

エイジは否定《ひてい》するが、その表情《ひょうじょう》は明らかに動揺《どうよう》している。

エイジはさまざまな場所へふたりを連れていくが、ただその場所を見わたすだけで、手がかりを本気でさがすつもりはなさそうだったのだ。

「なあ、おまえ一体何を考《かんが》えてるんだ？」

「エイジくん、ちょっと変《へん》よ！」

「そ、それは……」

エイジは思わずうつむいた。

「……水泳《すいえい》大会なんか、プールの水がゼリーになって中止になればいいんだ……」

うつむいたエイジの顔は、苦《にが》にがしい表情《ひょうじょう》に変《か》わっていた。

「僕《ぼく》……、バショウカジキってみんなに言われているだろう。だけど、それがすごくプレッシャーなんだ。みんなに期待《きたい》されればされるほど、もし優勝《ゆうしょう》できなかったらどうしようと思っちゃって……」

それを聞き、キョウコは昨日《きのう》のことを思いだした。

「もしかして、橋《はし》の上でそのことを考えて、なやんでいたの……？」

エイジは小さくうなずいた。

「プールの水がゼリーに変われば、大会が中止になるだろう？　だからキミたちが謎《なぞ》を解《と》くのをじゃましようと思って……」

「そんな……」

エイジがふたりを学校じゅう連《つ》れまわしていたのは、ミライタイムズの記事《きじ》が現実《げんじつ》になるまでの時間かせぎだったのだ。

トキオがエイジの目の前に立って言った。

「エイジ、中止なんて何言ってんだ。シルクハット団《だん》にまどわされてどうするんだよ」

「だけど」

「オレといっしょに楽しくスイムしようぜ！　おまえ、泳《およ》ぐの好《す》きだろ？」

「泳ぐの、好き……」

エイジはトキオを見つめた。

「……トキオくん。僕《ぼく》、まちがってた。プレッシャーに押《お》しつぶされそうになってシルクハット団にまどわされてた。僕、泳ぐの大好きだ！」

「わかってくれたか！」

「プレッシャーなんて、楽しく泳いで吹《ふ》きとばしましょう！」

「うん、そうだね！」

エイジはトキオとキョウコを見て笑顔《えがお》になった。

「よおし、それじゃあもう一度《ど》、取材《しゅざい》のやり直しだ！」


トキオたち3人は、プールにもどってきた。見ると、プールの上には、何十匹《なんじゅっぴき》ものセミが集《あつ》まっている。

「なんだか、甘《あま》い匂《にお》いがするわね」

「水がゼリーになってきたのかな？」

「早く謎《なぞ》を解《と》かないとな。こういうときこそ、こいつの出番だ！」

トキオはポーチの中から何かを取《と》りだした。

「トイレット・スコープ！」

名前はすごいが、ただのトイレットペーパーの芯《しん》だ。

「そんなものどうするつもりよ？」

「トキオくん、真面目《まじめ》にやりなよ」

「わかってるって！　このトイレット・スコープをのぞけば、真実《しんじつ》が見えるんだ！」

トキオはトイレットペーパーの芯《しん》を望遠鏡《ぼうえんきょう》のようにのぞいて、まわりを見た。

「おお、あれは！」

プールのすみに、ビート板《ばん》が重《かさ》ねておかれていた。

「子どものころ、よくビート板を使《つか》って泳《およ》ぐ練習《れんしゅう》したなあ」

「今でも子どもだけどね」

「オレ、ラッキーセブンのビート板しか使わなかったんだぞ」

「ラッキーセブン？」

「ほらっ、ビート板って番号《ばんごう》がかいてあるだろ」

見ると、ビート板には、数字で番号がかかれていた。

そのとき、強い風が吹《ふ》き、ビート板《ばん》がプールのほうにちらばった。

「ああんもう、ビート板がぐちゃぐちゃになっちゃった」

「もとにもどそう」

キョウコとエイジはちらばったビート板を拾《ひろ》っていった。

「ばらばらになっちゃったわね。わたし、こういうの見るとちゃんと番号順《ばんごうじゅん》にならべないと気がすまないのよね」

「僕《ぼく》もそうだよ」

ふたりは1番から順番《じゅんばん》にビート板を重ねていった。

「ん?」

トキオは何か思ったのか、トイレットペーパーの芯《しん》の穴《あな》からビート板《ばん》をならべているキョウコとエイジを交互《こうご》に見た。

その後、うでを組み、考えこむ。

瞬間《しゅんかん》、トキオの脳裏《のうり》に電気が走った。

「そういうことか！　大事《だいじ》なのは数字のある場所《ばしょ》なんだ！」

トキオはポーチの中から手帳《てちょう》とペンを取《と》りだすと、いきおいよくかきこむ。そして、ペンを持《も》った手を天にむかってつきあげた。

「このネタ、スッパぬきだぜ！」

トキオは自信満《じしんまん》まんな表情《ひょうじょう》をうかべると、キョウコとエイジを見た。

「ヒントは、**ばらばらになった数字をたどっていくこと**だ！」

３人は自分たちの教室にもどってきた。

「トキオくん、答えはなんなんだい？」

「そうそう、早く教えて！」

「そうあわてるなって。さっき、ふたりはビート板《ばん》をならべていただろ。あのとき、どうやってならべたか覚《おぼ》えているか？」

「どうやってって……」

「僕《ぼく》とキョウコちゃんは、番号順《ばんごうじゅん》にならべていたよ」

「そう、番号順！　この謎《なぞ》にかかれた数字は、答えを表《あらわ》すひらがなの順番《じゅんばん》を示《しめ》していたんだ！」

「どういうこと？」

「つまり、こういうことだ！」

①「0」から「1」、「1」から「2」と、数字の順番《じゅんばん》に線を引いていく。
②すると、その途中《とちゅう》に文字がある。
③その文字を順番に読んでいく。

「ええっと、0から順番にってことだから」
「れ、い、ぞ、う、こ……ね」
「その通り！　答えは『冷蔵庫《れいぞうこ》』だ！」

「ぬうわあああああああ！」

新聞がかがやき、シルクハット団《だん》のホログラムがうかびあがった。

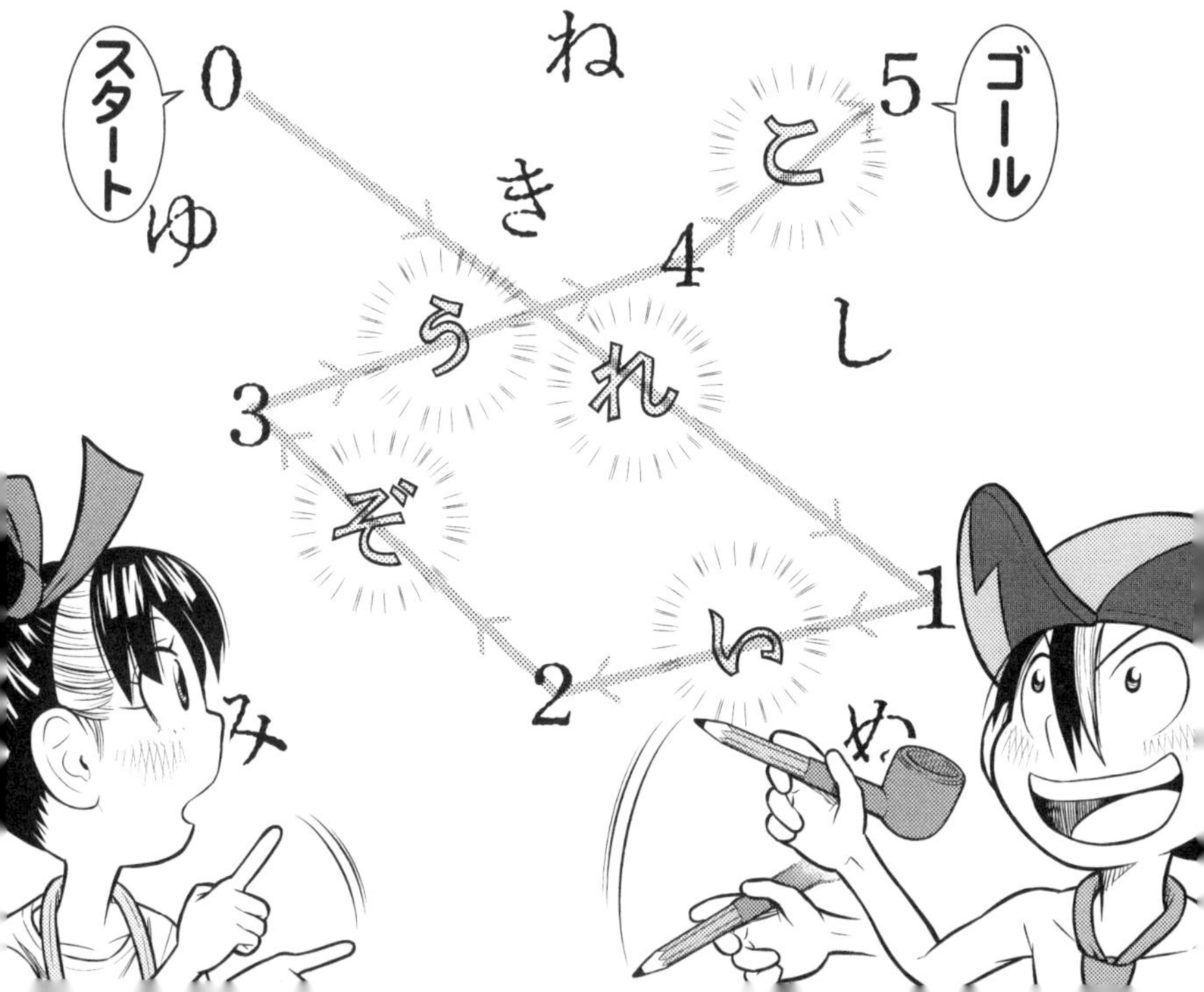

「この謎《なぞ》を解《と》くとは！」

「ゼリーは冷蔵庫《れいぞうこ》で全部《ぜんぶ》冷《ひ》やして、おいしく食べればいいんだ！」

「ぬうう。今日のところは頭を冷やしていったん引きあげたほうがいいようだな。しかし、次回《じかい》はこうはいかないぞ！　また会おう！」

ミライタイムズから黒い煙《けむり》が出る。

煙が消《き》えると、もとのトキオタイムズにもどった。

「もとにもどったわ！」

「よかったね、トキオくん！」

「ああ！　よし、エイジ、あとは水泳《すいえい》で勝負《しょうぶ》するだけだな」

「うん。ありがとう、トキオくん。僕《ぼく》、もうプレッシャーなんかに負《ま》けないよ！」

「ああ！　オレもおまえに負けないぜ！　トビウオ・トキオのすごさ、見せてやるぜ！」

そう言って、トキオはクロールのような動《うご》きをしようとした。

「ハ、ハ、ハックション～！」

トキオのくしゃみが、教室じゅうにひびきわたる。

「もしかして、トキオ……、風邪《かぜ》引いちゃったんじゃない？」

「ずっと水着《みずぎ》のままでいたもんね」

「そ、そんな！　ハックション！　ハックション！　ハ〜ックション‼」

トキオは、いつもつめが甘《あま》い。

結局《けっきょく》、トキオは風邪を引いてしまい、みんなが水泳《すいえい》大会をしているあいだ、保健室《ほけんしつ》で寝《ね》こむことになってしまった。

第4話

ねらわれたキョウコ！

「助《たす》けて。助けて」

そのとき、キョウコは必死《ひっし》に走っていた。何かに追《お》われていたのだ。走りながら、キョウコはうしろを見る。しかし、とくに何も見えない。

「良《よ》かった、逃《に》げきれたんだ……」

キョウコはホッと笑《え》みをうかべると、その場で立ちどまった。

ドーン！

大きな音がひびいた。音のしたほうを見ると、巨大《きょだい》なバレーボールが見える。

ドーン！　ドーン！

さらに、上から、巨大なバスケットボールやサッカーボールが落《お》ちてきた。

見上げると、そこには数えきれないほどのボールがうかんでいる。

ボールは一斉《いっせい》に、キョウコめがけて落《お》ちてきた。

「きゃあああああ！」

キョウコはベッドから起《お》きあがった。

時刻《じこく》は深夜《しんや》の2時。自分の部屋《へや》で寝《ね》ていた。

「夢《ゆめ》、だったの……？」

キョウコは、無数《むすう》のボールが上から落ちてくるのを思いだして、思わずぞっとしてしまった。

「へえ～、それはおもしろい夢だな」

翌日《よくじつ》の休み時間、体操着姿《たいそうぎすがた》のキョウコは、トキオと昨夜《さくや》の夢《ゆめ》の話をしながら、ろう下を歩いていた。

次《つぎ》は体育《たいいく》の授業《じゅぎょう》で、クラスメイトたちと体育館《たいいくかん》へむかっていたのだ。

「おもしろいって、すごくこわかったんだから」

「ボールが上から落《お》ちてきたら、打《う》ちかえしたらいいだろ」

「数えきれないぐらい落ちてきたのよ。全部《ぜんぶ》打ちかえすなんて不可能《ふかのう》よ。だいたい、わたし、球技苦手《きゅうぎにがて》だし」

「そう言えば、キョウコって、バレーボールをやっても、レシーブもまともにできないもんな」

「何回やっても、自分の顔にボールが当たっちゃうのよねえ」

「それはある意味《いみ》、才能《さいのう》だ。自分の顔にボールを当てるなんてなかなかできないぞ」

「そんな才能、全然《ぜんぜん》うれしくない！」

キョウコがぼやいている中、トキオはふと、ろう下の窓《まど》の外を見た。

「おっ、今日もやってるな」

　窓《まど》から見える校庭《こうてい》のすみで、男の子がバットを持《も》って素振《すぶ》りをしていた。

「あれはたしか、６年生のヒデキくんよね？」

　ヒデキは、町のリトルリーグに入っている野球《やきゅう》少年で、４番バッターだ。休み時間のたびに、校庭に行って素振りをするほど、熱心《ねっしん》に野球に取《と》りくんでいる。

「ヒデキくん、いつも『55』ってかかれたＴ《ティー》シャツを着《き》てるわね？」

　キョウコは、ヒデキのＴシャツを見ながら首をかしげた。

「ああ、あれは元プロ野球選手《せんしゅ》のゴジ

ラ松井《まつい》の背番号《せばんごう》だよ。親が大ファンで、だから息子《むすこ》にゴジラ松井と同じ『ヒデキ』って名前をつけたらしいんだ」

「なるほど、筋金入《すじがねい》りの野球人《やきゅうじん》ってことね」

「今度《こんど》、ヒデキくんをトキオタイムズで特集《とくしゅう》しなくちゃな！」

「『リトルゴジラ現《あらわ》る！』——話題《わだい》になりそうね！」

キョウコが笑《わら》っていると、トキオは、ほかのクラスメイトたちが布《ぬの》の袋《ふくろ》を持《も》っていることに気づいた。

「しまった！　体育館《たいいくかん》シューズを忘《わす》れた！」

「何やってるのよ。ポーチはちゃんと持ってきてるのに」

体操着《たいそうぎ》に着がえても、トキオはポーチだけは手放《てばな》さない。

「記者《きしゃ》として、このポーチはどんなときでも必要《ひつよう》なんだ。だから、無意識《むいしき》のうちに持ってるんだ」

「体育館シューズも体育に必要なんだから、無意識のうちに持ってなさいよ！」

「ぬうう。キョウコ、先に体育館へ行っててくれ！」

トキオはキョウコと別《わか》れると、あわてて教室へともどった。

「オレとしたことがこんなイージーミスをするなんて」

教室にもどったトキオは、うしろの棚《たな》においてあるシューズ袋《ぶくろ》を手に取《と》った。そのとき、棚のよこの掲示板《けいじばん》が目にとまった。

「ん……？　あああああ！」

トキオタイムズが、ミライタイムズにはりかわっていた。

『ボールの怨念《おんねん》!?　体育館《たいいくかん》の天井《てんじょう》からねらいうち！』（謎新聞《なぞしんぶん》No.《ナンバー》00004を見よう）

「天井《てんじょう》からねらわれたら逃《に》げ場《ば》がないぞ！」

トキオはそう言いながら、あることを思いだした。

「これって、キョウコの見た夢《ゆめ》にそっくりじゃないか!?」

瞬間《しゅんかん》、ミライタイムズがかがやき、ホログラムがうかびあがった。

「ぶわははっはっはっはっは！　見た夢《ゆめ》が現実《げんじつ》になる。それを正夢《まさゆめ》というのだ」

「シルクハット団《だん》！　悪夢《あくむ》を現実にするなんて、さすがのキョウコでもないちゃうぞ！」

「それはうれしいことだねえ。みんながボールにねらいうちされたくなければ、早く謎《なぞ》を解《と》くんだな。ぶわははっはっはっはっは！」

　団長の笑《わら》い声《ごえ》とともに、ホログラムが消《き》えた。

「くそっ、なんて卑怯《ひきょう》なやつなんだ！」

　トキオは、さっそく新聞を確認《かくにん》することにした。

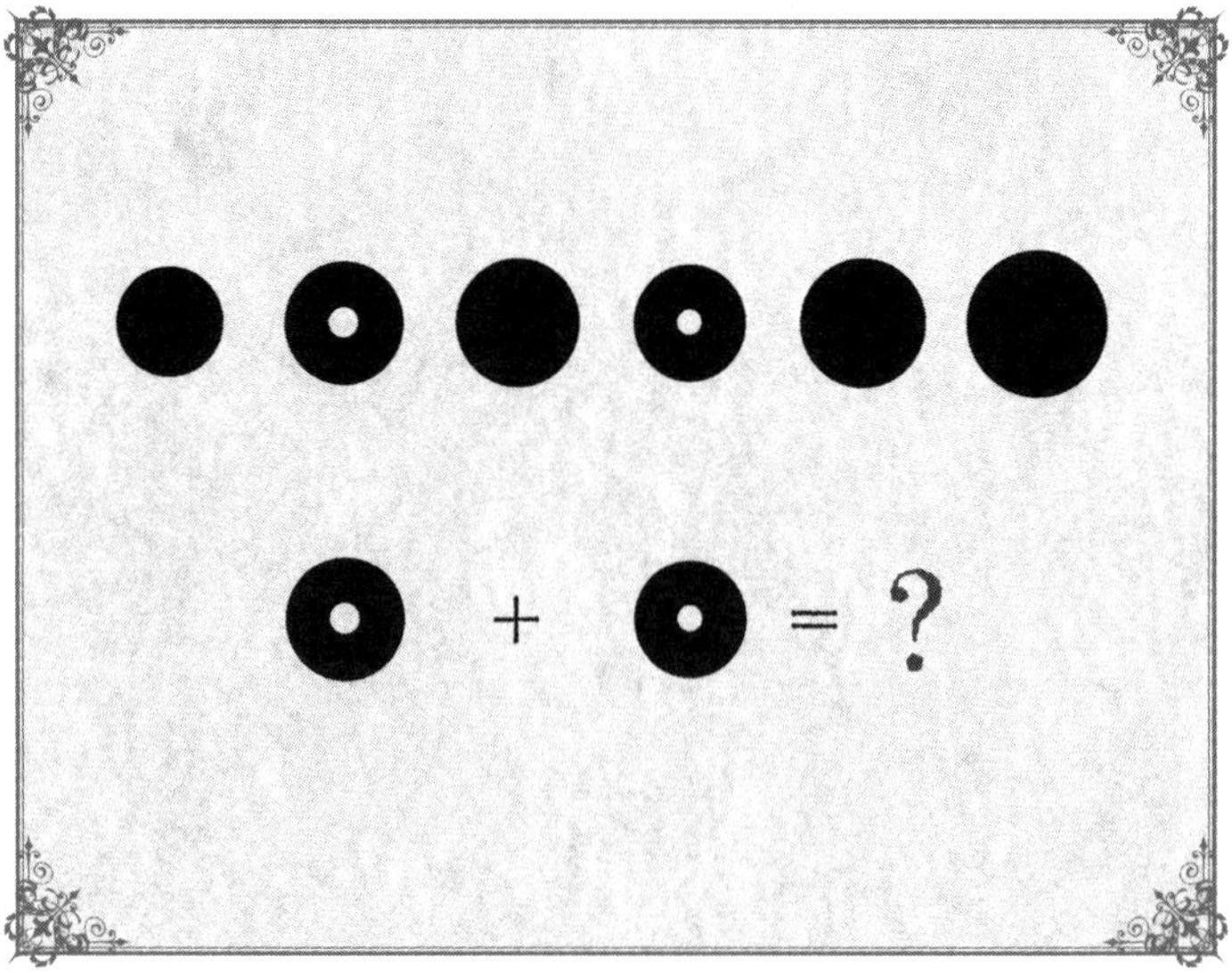

そこには、いくつかの丸い絵がかかれていた。

「いくつかの丸……、穴《あな》が開《あ》いたものもあるな。丸と丸をたすってどういう意味《いみ》だ？」

絵をじっと見るがまったくわからない。

「とりあえず、取材《しゅざい》に行ってみよう！」

トキオは手帳《てちょう》に謎《なぞ》をかきうつすと、教室を出ていった。


「今回の取材場所《ばしょ》は、やっぱりここしかないよな！」

トキオがやってきたのは、体育館《たいいくかん》である。

すると、入り口の扉《とびら》の前に、クラスメイトたちが集《あつ》まっていた。

「どうしたんだ？」

トキオがみょうに思っていると、モモコとエイジがかけよってきた。

「トキオくん、大変《たいへん》なの！」

「キョウコちゃんが、体育館に閉《と》じこめられてしまったんだ！」

「なんだって⁉」

見ると、体育館《たいいくかん》の扉《とびら》が完全《かんぜん》に閉《し》められている。

「僕《ぼく》たちがさっき体育館に入ろうとしたら、急《きゅう》に扉が閉まって……」

「それで、先に中に入っていたキョウコちゃんだけが出られなくなったの」

「助《たす》けて、トキオ！」

体育館の中から声がした。

「キョウコ！」

トキオは扉を開《あ》けようとするが、まったく開かない。

「鍵《かぎ》がかかってるのか⁉」

「そうじゃないみたいなの！」

キョウコが中から答える。

「鍵がかかっているわけじゃないのに、扉も窓《まど》も全部《ぜんぶ》開かなくなっちゃったの！」

「まさか……」

トキオはシルクハット団《だん》の団長の言葉《ことば》を思いだした。

『ボールにねらいうちされたくなければ、早く謎《なぞ》を解《と》くんだな』

「キョウコ！　天井《てんじょう》に気をつけろ！」

「天井？　きゃあああ！」

次《つぎ》の瞬間《しゅんかん》、キョウコは中から扉《とびら》をドンドンと強くたたいた。

「助《たす》けて！　天井に、数えきれないぐらいたくさんのボールがはさまってるわ！」

それを聞き、クラスメイトたちがどよめいた。

「トキオくん、どうなってるんだい？」

「昨日《きのう》、体育館《たいいくかん》に行ったときはボールなんて1つもはさまってなかったわよ」

「シルクハット団《だん》だ。早く謎《なぞ》を解《と》かないと、キョウコが大変なことになる！」

「そんなのいやよ！」

キョウコがさけぶ。

「わかってる！　オレにまかせとけ！」

トキオは手帳《てちょう》を開《ひら》くと、謎をかきうつしたページを見た。

「だけど、これは一体何を意味《いみ》してるんだ？」

エイジたちも謎を見てみるが、みな首をかしげてしまう。

「ああんもう！　わたしにも見せて！」

「あ、ああ、わかった」

トキオはキョウコに見せるために、手帳《てちょう》から謎《なぞ》をかきうつしたページをやぶると、扉《とびら》の下のわずかなすき間《ま》にさしこんだ。

「何かわかりそうか？」

「ええっと……、丸がならんでるってことは、あっ、わかった！　これは天体よ！」

「どういうことだ？」

「水星《すいせい》、金星《きんせい》、地球《ちきゅう》、火星《かせい》、木星《もくせい》、土星《どせい》よ！　下の部分《ぶぶん》は、2つの穴《あな》が開《あ》いた丸をたすってことだから、つまり、『金』と『火』をたして『きんか』。天井《てんじょう》のボールを売れば、金貨《きんか》が手に入るのよ！」

「あのなあ、意味《いみ》が全然《ぜんぜん》わからないぞ」

トキオだけではなく、クラスメイトたちもあきれている。

「星ならほかにもあるだろ。天王星《てんのうせい》とか海王星《かいおうせい》とか」

「そ、それはそうだけど、もしかして、シルクハット団《だん》は6つしか知らなかったとか」

「だから、そういうことじゃないと思うぞ」

トキオはため息《いき》をつく。

やはり、キョウコも謎《なぞ》を解《と》くことはできなさそうだ。

「きゃあああ！」

突然《とつぜん》、キョウコの声がひびいた。

「どうした！」

「ボールが！　ボールが！」

「まさかおそってきたのか⁉」

「ボールが……、きれいにならんでいるの！」

「はあ？」

どうやら、キョウコは天井《てんじょう》にはさまったボールを見ているようだ。

「わたしの立っているちょうどま上《うえ》に、卓球《たっきゅう》の球《たま》、野球《やきゅう》のボールとソフトボール、それにバレーボールとバスケットボールが、小さい順《じゅん》にきれいにならんでいて」

「なんだ？　それ」

「そう言えば、謎《なぞ》にかかれている丸も、大きさがちがうわよね？」

「大きさがちがう？　……ん？」

トキオはうでを組み、考えこむ。瞬間《しゅんかん》、トキオの脳裏《のうり》に電気が走った。

「そうか！　丸の順番《じゅんばん》が重要《じゅうよう》だったんだ！」

トキオはポーチの中から手帳《てちょう》とペンを取《と》りだすと、いきおいよくかきこむ。そして、ペンを持《も》った手を天にむかってつきあげた。

「このネタ、スッパぬきだぜ！」

「トキオ、わかったの？　だったら早く助《たす》けて！」

「おお、待《ま》ってろ！」

トキオは自信満《じしんまん》まんの表情《ひょうじょう》をうかべた。

「ヒントは、**オレたちの身近《みぢか》にある6種類《しゅるい》の丸**だ！」

トキオは教室にもどってくると、掲示板《けいじばん》の前に立った。

エイジも心配《しんぱい》になり、トキオについてきた。

「それで、トキオくん、答えはわかったかい？」

「ああ！　謎《なぞ》にかかれていた丸は、意味《いみ》のある順番《じゅんばん》にならんでいたんだ」

「どういうことだい？」

「さっきキョウコは、小さい順《じゅん》にならんでいるボールを見つけただろ」

「ああ、ま上《うえ》に卓球《たっきゅう》の球《たま》とか野球《やきゅう》のボールとかソフトボールとかが順番にならんでいると言ってたね」

「それでピーンときたんだ。謎にかかれていた丸も、小さい順にならんでいたんだ」

「小さい順？　大きさはばらばらだよ」

「ちがうちがう。数字が小さい順だ。あれは、これを表《あらわ》していたんだ」

トキオは手帳《てちょう》を広げてエイジに見せた。

手帳には透明《とうめい》なカバーが付《つ》けられていて、そのカバーのすき間《ま》に１００円玉がはさまれていた。

「何かあったとき、公衆《こうしゅう》電話でかけられるように、親にわたされているんだ」

「その１００円が丸ってこと？」

「そう！　でも、１００円だけじゃない。丸はすべて、硬貨《こうか》を表《あらわ》していたんだ！」

トキオは手帳に丸をかいて、その中に数字をかきこんだ。

「１の次《つぎ》は、『５』、次は『10』、そして『50』、『１００』、『５００』と続《つづ》く。穴《あな》

の開《あ》いた丸がヒントだったんだ。」

1番左の丸に1
2番目の穴が開いた丸に5
3番目の丸に10
4番目の穴が開いた丸に50
5番目の丸に100
6番目の丸に500

「その中にある穴の開いた2種類《しゅるい》の硬貨《こうか》を、たすんだ！　5円玉と50円玉をたすと……。つまり、答えは『55円』だ！」

「ぬうれあああああああ！」

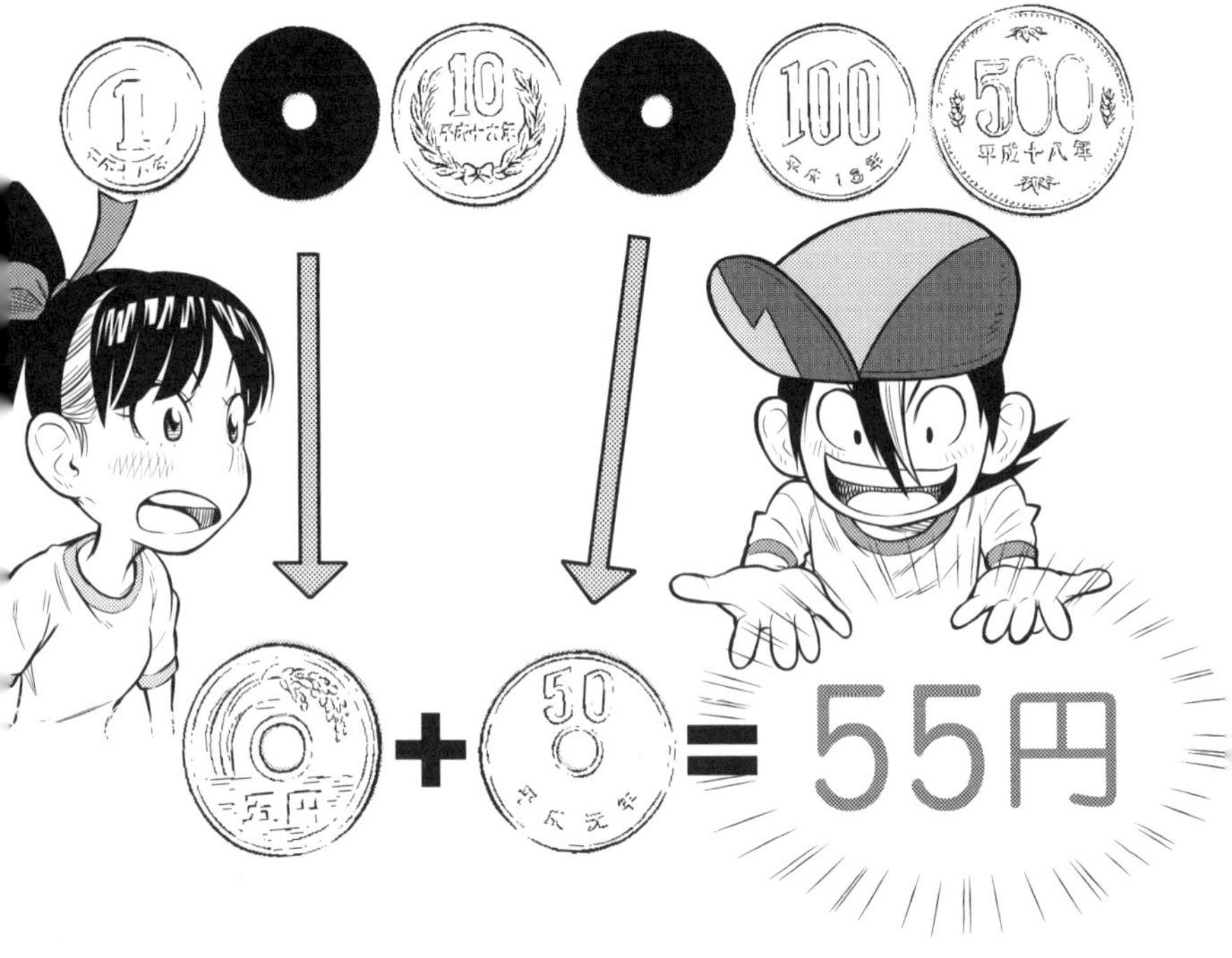

新聞がかがやき、シルクハット団《だん》のホログラムがうかびあがった。

「まさか、丸の謎《なぞ》に気づくとはな」

「55はヒデキくんの背番号《せばんごう》ってことだな！　どれだけボールがねらいうちしてきても、ヒデキくんにたのんで、全部《ぜんぶ》バットで打《う》ちかえしてもらえばいいんだ！」

「ぬうう。55番目に自信《じしん》があった謎なのに」

「それ、自信があるほうなのか？」

「しかたがない。今日のところはこのまま帰ってテレビで野球《やきゅう》でも見よう。しかし次回《じかい》はこうはいかないぞ！　また会おう！」

ミライタイムズから黒い煙《けむり》が出る。

煙が消《き》えると、もとのトキオタイムズにもどった。

「やったね、トキオくん！」

「ああ、これで体育館《たいいくかん》の扉《とびら》も開《あ》くはずだ！」

トキオとエイジは体育館へやってきた。

すると、入り口の扉《とびら》はすでに開《あ》いていて、へとへとになったキョウコが立っていた。

「トキオ！」

「どうだ、言った通り、オレにまかせておいてよかっただろう」

「まあね」

「ほめてもいいんだぞ。トキオってすごい、今度《こんど》からトキオ様《さま》ってよぼうかしら、とか思ってもいいんだぞ」

トキオは、「ほらほら」と笑《え》みをうかべながらキョウコに近づく。

「そりゃあ、助《たす》けてくれて感謝《かんしゃ》はしてるけど……」

次《つぎ》の瞬間《しゅんかん》、キョウコはトキオをにらんだ。

「だけど、いくらなんでも調子《ちょうし》にのりすぎよ！」

キョウコのどなり声《ごえ》がひびきわたった。

第5話

一流《りゅう》の記《き》者《しゃ》をめざせ！

「おはよー！」

朝。キョウコが元気な声で教室に入ってきた。

「キョウコちゃん、その髪形《かみがた》どうしたの？」

モモコがおどろく。キョウコはいつもうしろで髪をたばねているが、今日はツインテールにしていたのだ。

「この本の影響《えいきょう》受けちゃって」

キョウコはモモコに1冊《さつ》の本を見せた。

昨日《きのう》買った朝読《あさどく》用の小説《しょうせつ》である。

「新聞記者《しんぶんきしゃ》・白井黒子《しろいくろこ》ちゃん……？」

新聞記者
白井黒子ちゃん
三流記者になる方法
新聞記者白井黒子ちゃん

「うん。謎《なぞ》の薬《くすり》で中学生に若返《わかがえ》った88歳《さい》の米寿《べいじゅ》のおばあちゃんが、新聞部《しんぶんぶ》の記者《きしゃ》としていろいろな事件《じけん》の真相《しんそう》を追《お》っていく小説《しょうせつ》なの。チャームポイントは、白と黒のゴムでとめたツインテールで……」

キョウコの髪《かみ》も、白色のゴムと黒色のゴムでそれぞれとめられていた。

「その主人公《しゅじんこう》にあこがれたってわけね」

「そう！　いつもトキオばっかりシルクハット団《だん》の謎を解《と》いてるでしょ。わたしだって新聞部として謎ぐらい解けるってところをアピールしたくてね。ほら、サブタイトルに『一流《りゅう》記者になる方法《ほうほう》』ってかいてあるでしょ」

「一流記者？」

モモコは本の表紙《ひょうし》を見た。

「……キョウコちゃん。『一流』じゃなくて、『三流』ってかいてあるわよ」

「えええ⁉」

キョウコは本の表紙を食いいるように見つめた。

そこにはたしかに、『三流』とかかれている。

「もしかして、だからいつも最後《さいご》はこんなオチなのかしら……⁉」

キョウコは本を開《ひら》いた。

小説《しょうせつ》は短編集《たんぺんしゅう》で、白井黒子《しろいくろこ》はさまざまな事件《じけん》の真相《しんそう》を追《お》っていくが、毎回最後《さいご》に、

『この事件の真相は――、わたしはまだわかりません！』とかかれているのだ。

「事件の真相がわからずに終わるってこと？」

「うん。だって黒子ちゃん、体《からだ》は中学生でも、心は88歳《さい》のおばあちゃんだから。基本《きほん》的《てき》に縁側《えんがわ》にすわって、猫《ねこ》とたわむれながらひなたぼっこしてるだけの記者《きしゃ》なの」

「そんな主人公《しゅじんこう》のどこにあこがれたの？」

「それはええっと……」

（どこにあこがれたんだろう？）

キョウコはツインテールにしているのが、なんだかはずかしくなってしまった。

そこへ、トキオが登校《とうこう》してきた。

「オ、ハ、ヨ、ォ」

声がなぜかしゃがれていて、のどを押《お》さえて辛《つら》そうな表情《ひょうじょう》をしている。

「トキオ、風邪《かぜ》でも引いたの？」

「チガ、ウ。キノゥ、フロバデ、ウタヲ、ウタッテタラ……」

昨日《きのう》の夜、トキオは風呂《ふろ》に新しい入浴剤《にゅうよくざい》を入れた。『美《うつく》しい湖《みずうみ》のそばに広がる大草原の香《かお》り』だったらしい。

その香りをかいでいると、無性《むしょう》に歌を歌いたくなったという。

「ダイソウゲンッテ、ナン、カ、ウタヲ、ウタイタク、ナルダロ？」

トキオは湯船《ゆぶね》につかりながら、20曲《きょく》も連続《れんぞく》で歌ったというのだ。

「そのせいで、のどがやられちゃったってこと？」

「ソノトーリ！　ウゥ！」

トキオは思わず大きな声を出してし

まい、さらにのどを痛《いた》めてしまった。

「今日は、あんまりしゃべらないほうがいいわよ」

「ソウダ、ナ」

「のどアメでもなめたら？　保健《ほけん》の先生なら持《も》ってるはずよ」

「ア、アア。チョット、イッテ、クル」

トキオはポーチを腰《こし》につけると、そのまま教室を出ていった。

「すご～い。トキオくんって、あんな状態《じょうたい》でもポーチだけは持っていくんだ」

「記者《きしゃ》の命《いのち》だからね。そういうところだけは、ちょっとだけ尊敬《そんけい》できるのよねえ」

「ぶわははっはっはっはっは！　いくら尊敬できたとしても、今のトキオは記者として役《やく》に立《た》ちそうにないな」

「シルクハット団《だん》！」

キョウコは教室のうしろにある掲示板《けいじばん》のほうを見た。

壁新聞《かべしんぶん》からシルクハット団のホログラムがうかびあがっている。

「またやってくれたわね！」

キョウコが掲示板《けいじばん》にかけよると、トキオタイムズがミライタイムズにはりかわってしまっていた。

『マザッテキケン！　薬《くすり》が増殖《ぞうしょく》！　機能停止《きのうていし》の保健室《ほけんしつ》!?』（謎新聞《なぞしんぶん》No《ナンバー》．0005を見よう）

「薬が増殖するですって!?」

「キョウコちゃん、そんなことになったら、保健室に入れなくなっちゃうよ」

「ええ！　おまけに、いろいろな薬がまざって怪《あや》しい色の煙《けむり》が出るなんて、こんな危《き》険《けん》な保健室ありえないわね！」

「ぬははは。学校でいちばん安全《あんぜん》な場所《ばしょ》が、いちばん危険な場所に早変《はやが》わりだ」

「そんなことさせない！」

「ほう～、キミひとりで何ができる？　三流記者《りゅうきしゃ》のキョウコくん」

「変《へん》なよび方しないで！　わたしは一流記者のキョウコよ！」

「ならば、お手並《てな》み拝見《はいけん》といこう。ひとりで謎《なぞ》を解《と》いてみるがいい。事件《じけん》を食いとめることはできるかな？　ぶわははっはっはっはっは！」

　団長《だんちょう》の笑《わら》い声《ごえ》とともに、ホログラムが消《き》えた。

「何よ、馬鹿《ばか》にして！」

「キョウコちゃん。トキオくんに早く知らせたほうがいいよ」

「モモコちゃんまでそんなこと言うの？　わたしだけで大丈夫《だいじょうぶ》！　謎《なぞ》ぐらいわたしひとりであっというまに解《と》いてやるんだから！」

　キョウコはそう言うと、ミライタイムズを見た。

「●が、お肉……、■は、うわあぁ、毛

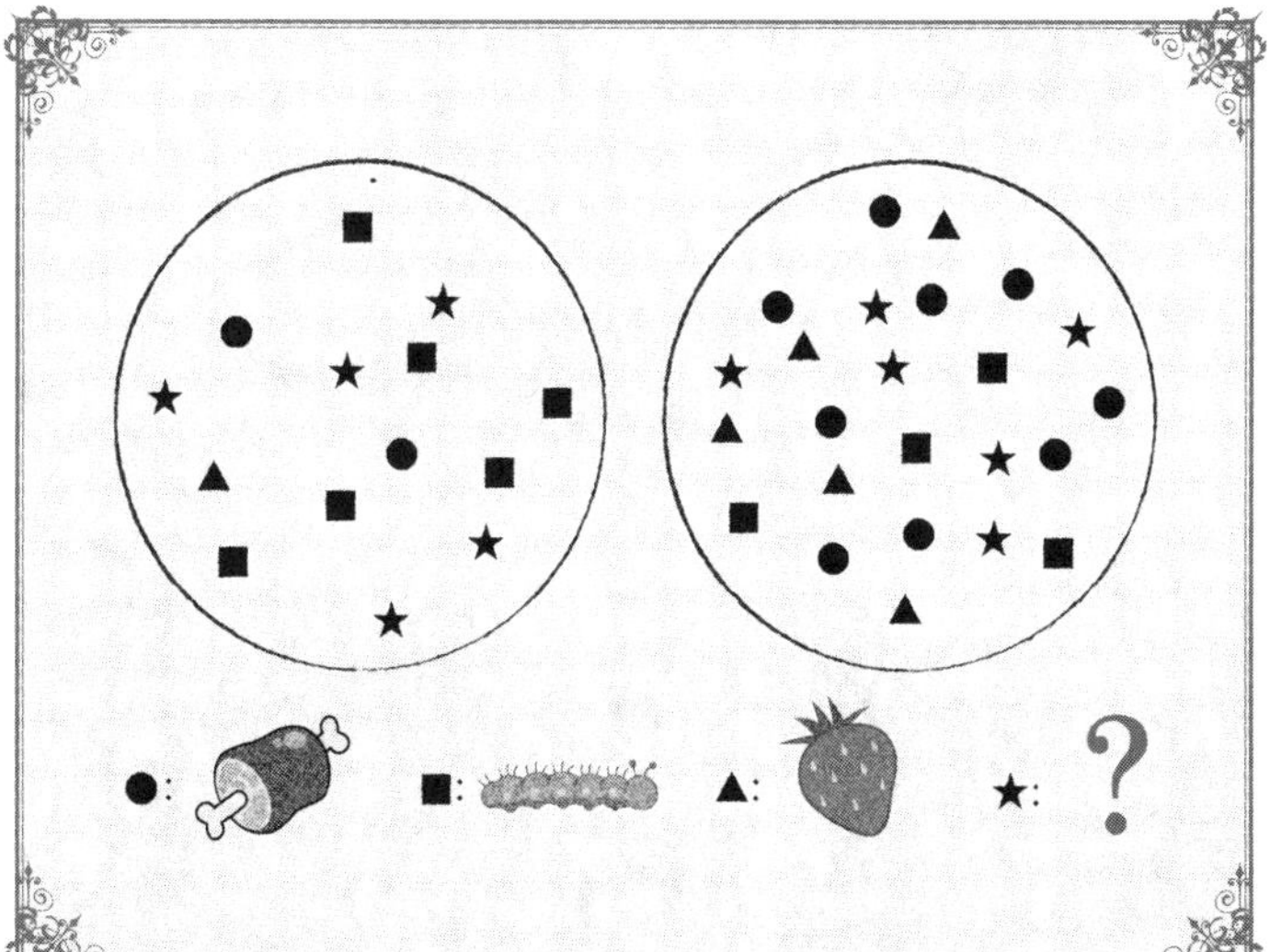

虫！　そのよこの▲は、イチゴ……。★は何かってことね？」

「何なのかな？」

「ええっと、上の大きな2つの丸の中に、●も■も▲も★も全部《ぜんぶ》あるみたいだから……。わかった！　これはきっと『暗号《あんごう》』よ！」

「うん、それは最初《さいしょ》からわかってるよね」

「えっ、あ、そ、そうね」

キョウコは「えへへ」と笑《わら》ってごまかした。

「と、とにかく、取材《しゅざい》をしないと答えは見つからないわ。モモコちゃんはみんなと教室にいて！」

キョウコは謎《なぞ》をノートにかきうつすと、カメラを首から下げて、教室を飛《と》びだした。


「とは言ったものの……」

ろう下を歩きながら、キョウコはなやんでいた。

（わたしひとりで、ほんとに謎が解《と》けるのかな……）

先ほどからあちこちさがしてみているのだが、全然《ぜんぜん》手がかりを見つけだすことができていなかった。

（何かの役《やく》に立《た》つと思って、『新聞記者《しんぶんきしゃ》・白井黒子《しろいくろこ》ちゃん』の本も持《も》ってきたけど）

キョウコはぱらぱらぱらとページをめくる。

しかし、「この事件《じけん》の真相《しんそう》は――、わたしはまだわかりません！」とかかれているのを見つけてしまう。

（役に立ちそうにないわね。はあ～、わたしって、やっぱり三流《りゅう》なのかも……）

モモコに謎《なぞ》を解《と》くと宣言《せんげん》したものの、どうやらできそうにない。

キョウコはがっくりとかたを落《お》とした。

そのとき、目の前に保健室《ほけんしつ》が見えた。

（そうだ……、保健室にトキオがいるはず）

認《みと》めたくはないが、トキオの推理力《すいりりょく》はすごい。

キョウコは、トキオに謎を解くのを協力《きょうりょく》してもらうことにした。

「トキオ、ちょっと手伝《てつだ》って!」

キョウコが保健室《ほけんしつ》のドアを開《あ》けると、トキオは部屋《へや》のすみにある机《つくえ》の前に立ってい
た。保健の先生の机だ。先生はいないようだ。

トキオは机の上においてある何かを手に取《と》っていた。

「何してるの?」

「エッ、ア、ウウ」

近づいて見てみると、机には、アメのつつみ紙がいくつもちらばっている。

「もしかして、アメ、なめてたの?」

「ノドアメ、ガ、ミツカラナク、テ……」

机の上には、メロン味《あじ》とパイナップル味のアメが入った袋《ふくろ》がそれぞれおかれていた。

トキオはのどアメの代《か》わりに、保健の先生が机の上においていた、くだもののアメ
をなめたようだ。

「あきれた。先生のアメを勝手《かって》になめるなんて」

「ツイ、オイシソウデ……」

「いくつなめたのよ」

「メロンアジヲ、イッツ……、パイナップルアジヲ、ミッツ……」

「なめすぎ！」

「ソンナコトヨリ、ドウシタン、ダ？」

「あっ、そうそう、大変《たいへん》なの。またシルクハット団《だん》が壁新聞《かべしんぶん》をはりかえて――」

キョウコは状況《じょうきょう》を説明《せつめい》し、謎《なぞ》をかきうつしたノートを見せた。

「ナルホド、コノナゾ、ヲ、トケバイインダ、ナ……」

トキオはノートにかかれた謎をじっと見つめる。

「フタツノ、オオキナマル……」

「その中に●も■も▲も★も全部《ぜんぶ》あるの」

「ゼンブ、カ……」

「全然《ぜんぜん》わからないのよねえ」

キョウコはそう言いながら、机《つくえ》の上のアメの袋《ふくろ》を手に取《と》った。

「キョウコモ、ナメルノ、カ？」

「ちがうわよ。トキオが袋《ふくろ》を開《あ》けっぱなしにしてるから、口をしめようと思って」

キョウコはそばにあった輪《わ》ゴムで、メロン味《あじ》のアメが入った袋とパイナップル味のアメが入った袋の口をそれぞれしめた。

「あ～あ、いっぱいなめちゃって。どっちもかなりへっちゃってるわねえ」

「ハンセイ、シテマス……」

トキオは頭を下げながら、２つのアメの袋を何気《なにげ》なく見た。

次《つぎ》の瞬間《しゅんかん》、トキオは目を大きく見開《みひら》いた。

「ナルホド！　ニイサンカァァァ……」

「兄さん？」

トキオは謎《なぞ》の答えがわかったようだ。

しかし、急《きゅう》にのどを押《お》さえた。

「ノ、ド、ガ……」

「まさか、大きな声出したから、ますますのどを痛《いた》めちゃったの？」

「ア、アア……。コエ……、デナ……」

トキオは、ついに完全《かんぜん》に声が出なくなってしまった。

「そんな！　答えはどうするのよ⁉　兄さんって何なの⁉」

キョウコはあせる。

このままでは、薬《くすり》がまざって保健室《ほけんしつ》が大変《たいへん》なことになってしまうのだ。

トキオがキョウコを指《ゆび》さした。

「何よ。声が出なくなったのわたしのせいって言いたいわけ？」

トキオは首をよこにふる。

ノートにかかれた謎《なぞ》を指さすと、もう一度《ど》、キョウコを指さした。

「謎と、わたし……？　わたしが謎を

解《と》けってこと⁉︎」

トキオは大きくうなずいた。

「そんなの無理《むり》よ！　全然《ぜんぜん》わからないもん！」

あせるキョウコをよそに、トキオは視線《しせん》を机《つくえ》のほうへと動《うご》かす。

キョウコはその視線の先を見た。

「机？　机にはええっと、アメの袋《ふくろ》が2つあるけど……。もしかして、それがヒント？」

トキオは何度《なんど》も大きくうなずく。

キョウコは2つのアメの袋を見る。

だが、まるでわからない。

「無理よ！　だってわたし、一流記者《りゅうきしゃ》じゃなくて、三流記者だもん……」

キョウコは持《も》っていた『新聞記者《しんぶんきしゃ》・白井黒子《しろいくろこ》ちゃん』の本を見た。表紙《ひょうし》には、ツインテールの中学生の姿《すがた》になった白井黒子のイラストがかかれている。

「わたしは、黒子ちゃんと同じで真相《しんそう》になんかたどりつけない。縁側《えんがわ》にすわって、猫《ねこ》とたわむれながらひなたぼっこでもしてればいいのよ……」

キョウコはため息《いき》をついた。

すると、手がすべり、本が床《ゆか》に落《お》ちた。

「ああん、もう」

本を拾《ひろ》おうとすると、最後《さいご》のほうのページが開《ひら》いていて、作者《さくしゃ》のあとがきが見えた。

「えっ」

そこには、「三流記者《りゅうきしゃ》は、一流記者である」とかかれていた。

『三流記者とは、真相《しんそう》を見つけだせないだめな記者のことではない。迷《まよ》い、なやみ、それでも答えを見つけだそうと行動《こうどう》する記者のことを言う。つまり、三流記者とは、一流記者になるために努力《どりょく》を続《つづ》ける将来有望《しょうらいゆうぼう》な記者のことなのである』

「それって……」

キョウコは、今まで謎《なぞ》を解《と》く努力を中途半端《ちゅうとはんぱ》なところでやめてしまっていたことに気づいた。

「もっと、迷《まよ》って、なやまないといけないんだ……」

キョウコはもう一度《ど》、2つのアメの袋《ふくろ》のほうを見た。

じっと見つづけ、アメの袋をすみずみまでチェックする。

（迷って、なやんで、それでもあきらめずに……）

「あっ！」

瞬間《しゅんかん》、キョウコの脳裏《のうり》に電気が走った。

キョウコはカメラをかまえると、いきおいよく連写《れんしゃ》した。

「このネタ、スッパぬきよ！」

「オ、オォ……」

「ヒントは、**大きな2つの丸の中の、それぞれの記号《きごう》の数を数えることよ**！」

トキオとキョウコは教室にもどってくると、掲示板《けいじばん》の前に立った。

「キョウコちゃん、どうだった？」

モモコがかけよってくる。

「もう大丈夫《だいじょうぶ》よ！　答えは、数字の語呂《ごろ》あわせだったの！」

「どういうこと？」

「この2つの袋《ふくろ》を見て」

キョウコは保健室《ほけんしつ》から持《も》ってきたメロン味《あじ》のアメが入った袋とパイナップル味のアメが入った袋を見せた。

「トキオがいっぱいアメをなめちゃったせいで、2つの袋の中がこれだけになっちゃったの」

「メロン味は……、2つ。パイナップル味は……、3つしか残《のこ》ってないわね」

「そう、兄さんよ！」

「兄さんって⁉」

「残《のこ》っているアメは2つと3つでしょ。2（に）、と3（さん）で『にいさん』！　つまり、記号《きごう》は言葉《ことば》になっているってわけ。左と右の2つの大きな丸の中に記号がいくつかあるでしょ？　その記号の数を、それぞれ数えて読んでいけばいいのよ！」

●　左2（に）　右9（く）　肉

■　左6（む）　右4（し）　虫

▲　左1（いち）　右5（ご）　イチゴ

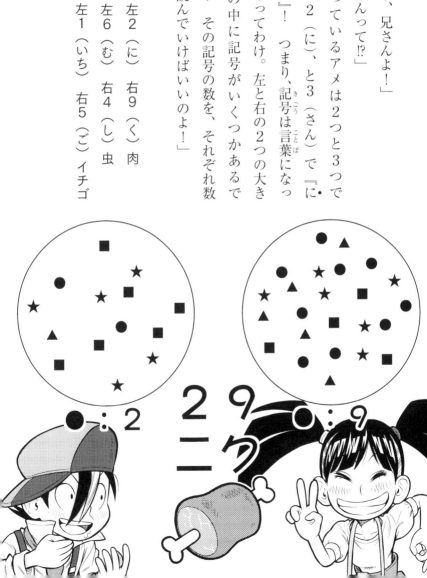

「そして★は、左に5つあって右に6つあるから、5（ご）と6（む）、答えは『ゴム』よ！」

「ぬうわああああああああ！」

新聞がかがやき、シルクハット団《だん》のホログラムがうかびあがった。

「0《お》3《み》5《ご》10《と》。三流《りゅう》と思っていたんだがな」

「三流だって成長《せいちょう》すれば一流になれるんだから！　薬《くすり》は全部《ぜんぶ》、輪《わ》ゴムとゴム栓《せん》で密封《みっぷう》よ！」

「ぬうう。9《く》8《や》4《し》1《い》。次《つぎ》はもっと9《く》6《る》4《し》6《む》謎《なぞ》をプレゼントしてやる。また会おう！」

ミライタイムズから黒い煙《けむり》が出る。煙が消《き》えると、もとのトキオタイムズにもどった。

「やった！」

「すごいね、キョウコちゃん！　やっぱりキョウコちゃんも新聞部《しんぶんぶ》だね」

「どういうこと？」

「トキオくんがポーチをいつも持《も》っているように、キョウコちゃんも取材《しゅざい》に行くとき、カメラを持っていったでしょ」

「そう言われれば……」

キョウコは首から下げたピンク色のカメラを見た。いつのまにか、いつも下げるようになっていた。

「カメラ、ハ、キシャノ、イノチダ」

「トキオ、声が出るようになったのね！」

「キョウコモ、リッパナ、キシャニナッタナ」

「トキオ……」

キョウコの顔に笑《え》みがこぼれる。

「よおし、これからはわたしが全部《ぜんぶ》謎《なぞ》を解《と》いていくわね！」

「ソレハ、キケンダ」

はりきるキョウコをよそに、トキオはそうぼやくのだった。

第6話

トキオと伝説《でんせつ》のプリン！

「オレ、昨日《きのう》全然《ぜんぜん》ねむれなかったんだ」

朝、トキオは学校へ登校《とうこう》しながら、となりにいるキョウコにそう言った。

「めずらしいわね。ベッドに入ったら3秒《びょう》で熟睡《じゅくすい》しちゃうトキオがねむれなかったなんて」

「わくわくしてたからな。なんて言ったたって、今日は特別《とくべつ》な日だろ」

「何かあったっけ？」

「おいおい、それ本気で言ってるのか？　今日は年に一度《ど》の『伝説《でんせつ》のプリン』デーだろ！」

伝説のプリンとは、年に一度、給食《きゅうしょく》のお楽しみスイーツとして出るプリンのことである。

　そのおいしさは、一度《ど》食べたらもうほかのプリンが食べられなくなると言われているほどだ。

「あのプリンを食べたことをきっかけに、プリン職人《しょくにん》になった卒業生《そつぎょうせい》が５人はいるってうわさだぞ」

「まさか～」

　キョウコはそう言いながらも、去年《きょねん》食べた伝説《でんせつ》のプリンのことを思いだすと、よだれが出そうになった。

「たしかに、あれはおいしいもんね」

「だろう。あ～、早く給食《きゅうしょく》の時間にならないかな～。プ、プ、プリン♪　プ

リンのプリン♪」

「なにそれ？」

「プリンの歌だよ。オレが昨日《きのう》作った。プリンのプリンがプリンで光臨《こうりん》♪」

「最後《さいご》、光臨しちゃった」

あきれるキョウコをよそに、トキオはいつまでもプリンの歌を歌いつづけた。

キーンコーン、カーンコーン
4時間目の授業《じゅぎょう》が終《お》わり、給食《きゅうしょく》の時間になった。

「よし、手を洗《あら》いに行かなくちゃ」

「ええ？　いつもは机《つくえ》にすわったまま、だれよりも早く給食を食べるスタンバイをしてるのに」

「今日は特別《とくべつ》だって言っただろ。ちゃんときれいに手を洗って、イスの上で正座《せいざ》をして伝説《でんせつ》のプリンを出迎《でむか》えるんだ」

「う～ん、そこまでする意味《いみ》がよくわからないけど、まあ、食事《しょくじ》の前に手を洗うことはいいことよね」

　ふたりは教室を出て、手洗《てあら》い場《ば》へと行った。

「ちゃんと石けんをつけて、つめのあいだまで洗ったほうがいいぞ」

「はいはい。言われなくてもきれいにするわよ」

　トキオは手を洗いおわると、バラの刺《し》しゅうが入った高級《こうきゅう》そうなハンカチで手をふいた。

「トキオ、何それ？」

「あ〜、お母さんのいちばん大切にしているハンカチを持《も》ってきたんだ。今日のような日は、ハンカチも特別《とくべつ》なものじゃないといけないからな」

「特別すぎるような気が……」

「よし、教室にもどるぞ！　プ、プ、プリン♪　プリンのプリン♪　プリンのプリンがプリンで光臨《こうりん》！」

「その歌、はずかしいからやめてくれる？」

　キョウコは歌うトキオから少し距離《きょり》を取《と》り、教室にもどることにした。

「ん？」

先に教室に入ろうとしたトキオが、ドアの前で立ちどまった。

「どうしたの？」

キョウコは、教室の中を食いいるように見ているトキオのうしろに立つと、同じように中をのぞきこんだ。

「あっ！」

うしろの掲示板《けいじばん》に、クラスメイトたちが集《あつ》まっている。

「もしかして、また⁉」

トキオは、あわてて掲示板のほうへむかうと、壁新聞《かべしんぶん》を見た。

「やっぱり！」

トキオタイムズが、ミライタイムズにはりかわっている。


『瞬間冷凍《しゅんかんれいとう》⁉　氷《こおり》の中の給食《きゅうしょく》！』（謎新聞《なぞしんぶん》No.《ナンバー》0006を見よう）

「冷《つめ》たくなるのか？　飲《の》み物《もの》とかなら逆《ぎゃく》にありだな！」

「何言ってるの！　トレーとか食器《しょっき》ごと凍《こお》っちゃうのよ。これじゃあ給食《きゅうしょく》が食べられなくなっちゃうでしょ！」

「そうか。ああ！　ってことは、プリンも食べられなくなるってことか？」

「そうなるわね」

「くそっ！　どうして、よりによって今日なんだ！　オレのプリンが！　伝説《でんせつ》のプリンが！」

瞬間《しゅんかん》、ミライタイムズがかがやき、ホログラムがうかびあがった。

「ぶわははっはっはっはっは！　伝説のプリンを目の前にして、食べることができなくなる。みんな悲《かな》しみのあまりなきだすだろうな。それこそが、この学校にとって、史上最悪《しじょうさいあく》の伝説の日となるのだ！」

「シルクハット団《だん》！　いくらなんでもやることがひどすぎるぞ！」

「そうよ！　給食に手を出すなんて、みんなにきらわれるわよ！」

「ぬはははは、わたしのことはきらいでも、シルクハット団のことはきらいにならないでください」

「前田《まえだ》のあっちゃんか！」

「きらわれてけっこう。ときにはきらわれる勇気《ゆうき》も必要《ひつよう》なのだよ」

「鉄《てつ》のハートの持《も》ち主《ぬし》なんだな……」

「だから平気《へいき》でこんなことができるのね」

「給食《きゅうしょく》を食べたかったら、謎《なぞ》を解《と》くのだな。ぶわはははっはっはっはっは！」

団長《だんちょう》の笑《わら》い声《ごえ》とともに、ホログラムが消《き》えた。

「見てろよ。オレたちに解けない謎はない！」

「氷《こおり》が溶《と》けないのはこまるけどね！」

「ああ、謎を解いて、氷も溶かしてやるぜ！　まずは謎の確認《かくにん》だ！」

トキオとキョウコは、ミライタイムズを見た。

「つたけ、しみ、なぎ、ば、くわ、はん……。上に『？』があるな。どういう意味《いみ》だ？」

トキオは必死《ひっし》に文字を見るが、何を意味しているのかまったくわからない。

（くそっ、早くしないとプリンが氷づけになってしまう……）

？

つたけ
しみ
なぎ
ば
くわ
はん

あせればあせるほど、トキオはますます何をどう考えればいいのかわからなくなってしまった。

そのとき、キョウコが口を開《ひら》いた。

「わかったわ！　ならべかえればいいのよ！」

「どういうことだ⁉」

「1文字目をならべかえると、な、し、ば、く、は、つ！　梨《なし》、爆発《ばくはつ》！　給食《きゅうしょく》に梨が出てくる日があるはずよ。そこに答えがある！」

「いやいや、2文字目はどうするんだよ。だいたい、梨は爆発しないだろ」

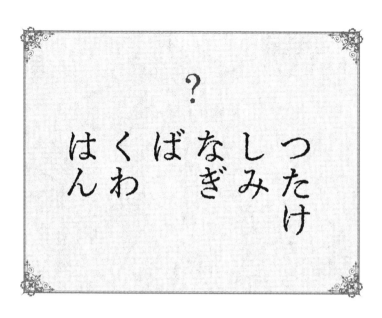

「なによ、わたしの答えがまちがっているっていうの？　たとえ、まちがっていたとしても、必死《ひっし》に考えて行動《こうどう》すれば、いつかきっと真実《しんじつ》にたどりつけるはずよ！」

キョウコは、「献立表《こんだてひょう》を確認《かくにん》するわよ！」と言うと、教室の前のほうにある掲示板《けいじばん》を見にいった。

「梨《なし》は絶対関係《ぜったいかんけい》ないと思うけど……」

トキオはそう言いながらも、キョウコの言った言葉《ことば》をかみしめていた。

（必死に考えて行動すれば、いつかきっと真実にたどりつける、か）

「たしかに、わからないからって立ちどまるのはよくないよな、オレもいっしょに調《しら》べる！」

トキオは大きくうなずくと、キョウコのところへとかけて行った。

「ああん、もう！　何これ？」

献立表は掲示板の上のほうにはられている。

画びょうが取《と》れてしまったのか、紙の上半分が折《お》れまがり、献立が見えなくなってしまっていた。

月 火 水 木 金
1 国語 算数 家庭 国語
2 理科 図工 家庭 体育 体育
3 算数 図工 国語 算数 国語
4 社会 体育 書写 英語 総合
5 音楽 理科 英語 社会 総合
6 道徳 社会
げんきにあいさつ
おしらせ
給食当番
そうじ
教室
外
トイレ
つくえ

「これじゃあ、いつ給食《きゅうしょく》に梨《なし》が出るのかわからないじゃない」

「どうした？　キョウコ」

「トキオ、画びょうを持《も》ってきて。わたしはイスを持ってくるから。献立表《こんだてひょう》をちゃんとはらなきゃ」

「画びょう？　先生の机《つくえ》にあったかな」

先生の机の上には、画びょうや輪《わ》ゴムやペンや授業《じゅぎょう》のノートなど、教室で使《つか》ういろいろな物《もの》がおかれている。

トキオは画びょうの入った箱《はこ》を取《と》ろうとした。

「ん？」

その箱の下に、メモ用紙がおかれている。

そこには、マッチョな男の人の絵がかかれていた。

（さては、山川《やまかわ》先生がかいた落《らく》がきだな）

担任《たんにん》の山川先生は、絵をかくのが好《す》きなのだ。

絵の首から上の部分《ぶぶん》にちょうど画びょうの箱《はこ》がおかれていて、顔の部分がかくれていた。
　トキオはなんとなく気になって、画びょうの箱をどかして、顔を見てみた。
「ええ⁉」
　マッチョな体《からだ》なのに、顔はおじいちゃんである。
（なんてシュールな絵をかいてるんだ）
　山川《やまかわ》先生のセンスをうたがう。
　同時に、恐怖《きょうふ》も感《かん》じる。
　何も見なかったことにしようと、トキオは画びょう

の箱《はこ》をもとの場所《ばしょ》にもどした。

「ん？」

トキオは画びょうの箱で、顔のかくれた絵を見る。

続《つづ》けて、献立表《こんだてひょう》もじっと見つめた。

トキオはうでを組み、考える。

瞬間《しゅんかん》、トキオの脳裏《のうり》に電気が走った。

「そうか、『**？**』の意味《いみ》がわかったぞ！　文字は一部分《いちぶぶん》しか見えていなかったんだ！」

トキオはポーチの中から手帳《てちょう》とペンを取《と》りだすと、いきおいよくかきこむ。そして、ペンを持《も》った手を天にむかってつきあげた。

「このネタ、スッパぬきだぜ！」

「トキオ、もしかして謎《なぞ》が解《と》けたの？」

「ああ。献立に梨《なし》があるかどうかなんて、もう調《しら》べなくていい！」

トキオは自信満《じしんまん》まんの表情《ひょうじょう》をうかべた。

「ヒントは、**ならんだ文字に、１文字ずつたしていくこと**だ！」

トキオとキョウコは、うしろの掲示板《けいじばん》へもどってくると、ミライタイムズを見た。

「1文字ずつたしていくってどういうこと？」

「キョウコ、ここにかかれた文字を見て何か気づかないか？」

「つたけ、しみ、なぎ、ば、くわ、はん……、別《べつ》に何も気づかないけど」

「さっき、山川《やまかわ》先生のかいたマッチョなおじいちゃんの絵を見つけたんだけど、画びょうの箱《はこ》で顔の部分《ぶぶん》がかくれていたんだ」

「マッチョなおじいちゃん⁉」

「いや、問題《もんだい》はそこじゃなくて、顔の部分がかくれていたってことだ。献立表《こんだてひょう》も、折《お》れまがっているせいで、献立の上の部分が見えなくなっていただろ？」

「そうね。上半分が折れまがっていたせいで、梨《なし》が給食《きゅうしょく》に出るかどうかわからなかったわ」

「謎《なぞ》にかかれた文字も同じだよ。『？』はどこにある？」

「文字の上にあるけど……。『？』にちがう文字がかくれているってこと？」

「そう、『つたけ』の上に1文字たすと、とっても高級《こうきゅう》なキノコになる」

「ええっと、つたけ、つたけ……。ああ！　『つたけ』の上の部分《ぶぶん》に『ま』をつけたら、『まつたけ』になる！」

「その通り！　『？』にはそれぞれ言葉《ことば》のある部分がかくれているんだ。上に1文字たせば、この謎の言葉はすべて食《た》べ物《もの》になる！」

つたけ――『ま』つたけ
しみ――『さ』しみ
なぎ――『う』なぎ
ば――『そ』ば
くわ――『ち』くわ
はん――『ご』はん

「あとは、その文字を左から読んでいけばいいんだ」

「ご、ち、そ、う、さ、ま⁉」

「そう！　答えは『ごちそうさま』だ！」

「ぬうわあああああああ！」

新聞がかがやき、シルクハット団《だん》のホログラムがうかびあがった。

「おみごと。まさかこの謎《なぞ》が解《と》けるとはな！」

「オレに解けない謎はない！　たとえプリンが凍《こお》っても、溶《と》かして食べ

ればごちそうさまだ！」

「プリンだけに、どうやらつめが甘《あま》かったようだ。今度《こんど》はそうはいかないぞ。また会おう！」

ミライタイムズから黒い煙《けむり》が出る。煙が消《き》えると、もとのトキオタイムズにもどった。

「やったわね、トキオ！」

「ああ、これでついに伝説《でんせつ》のプリンを食べられるな。さあ、キョウコ！　いっしょにプリンの歌を歌おう！」

「それだけは絶対《ぜったい》にごめんよ！」

第7話 本を守《まも》れ！

「よおし、最新号《さいしんごう》ができたぞ！」

放課後《ほうかご》。トキオとキョウコは、新聞部《しんぶんぶ》の部室にいた。

机《つくえ》の上には、各教室《かくきょうしつ》にはりだすためのトキオタイムズ最新号《さいしんごう》が、20部ほど積《つ》まれていた。

「今回の目玉は、なんといってもこれだよな！」

新聞には、満面《まんめん》の笑《え》みをうかべて、消《け》しゴムを持《も》っている男の子の写真《しゃしん》がのっていた。

『消しゴム落《お》とし王・独占《どくせん》インタビュー！』

消しゴム落としとは、机を格闘技《かくとうぎ》のリングに見立てて、自分の消しゴムを指《ゆび》で弾《はじ》き、相手《あいて》の消《け》しゴムを机《つくえ》の外に落《お》とす競技《きょうぎ》である。

昨日《きのう》、トキオとキョウコは、消しゴム落としで300戦無敗《せんむはい》の6年生・タカシを取《しゅ》材《ざい》していたのだ。

「まさか、強さの秘密《ひみつ》が『毎日2時間、消しゴムに話しかけること』だったなんてな」

消しゴムに話しかけて友達《ともだち》になることが大切らしい。

「タカシくんが言うには、何時間話しつづけても全然苦《ぜんぜんく》にならないらしい。なんだか、すごいよな」

「それのどこがすごいのか、まったくわからないけど」

キョウコはタカシの言うことにも、消しゴム落としにも、まったく興味《きょうみ》を持《も》っていなかった。

「『だれにも借《か》りられていない図書室の本をさがせ』特集《とくしゅう》のほうが良《よ》かったのに……」

キョウコは、図書室で今までだれも借りたことのない本をさがしだし、それを記事《きじ》にしようと思っていたのだ。

しかし、トキオに却下《きゃっか》されてしまい、結局《けっきょく》今回は消しゴム落とし王特集になってしまった。

「うしろむきな特集《とくしゅう》はだれも読みたくないからな」

「そんなことないわよ。特集をきっかけに、その本を読みたくなる人がいるかもしれないでしょ」

「それだったら、今回の独占《どくせん》インタビューをきっかけに、消《け》しゴム落《お》としのプロを目《め》指《ざ》すやつだっているはずだろ」

「消しゴム落としにプロなんてないから！」

「ええええっ、そうなのか⁉」

おどろくトキオに、キョウコは「あのねえ」とあきれかえってしまった。


「お〜、やってるな〜」

担任《たんにん》の山川《やまかわ》先生が入ってきた。

ぼろぼろのジャージ、ぼさぼさの髪《かみ》に、無精《ぶしょう》ひげを生やした、ちょっとたよりなさそうな先生だ。

「あいかわらず、ここはごちゃごちゃしてるな」

山川《やまかわ》先生は指《ゆび》で無精《ぶしょう》ひげをなでながら、数えきれないほどの机《つくえ》とイスが積《つ》みかさねられている物置《ものおき》（兼《けん》、部室《ぶしつ》）を見《み》わたす。

「だったら、ちゃんとした部室をくださいよ」

「そうよ。お願《ねが》いしてるのに、いつまでたってもこんな場所《ばしょ》なんだもん」

「住《す》めば都《みやこ》って言うだろう。それに、そんなこと言われても、オレは顧問《こもん》じゃないしな」

新聞部に顧問はいない。

そのため、トキオとキョウコの担任《たんにん》である山川先生が、顧問のような役割《やくわり》を担《にな》っているのだが、先生が部室に来るのは週に一度《ど》だけ。

トキオタイムズは週に一度のペースで刊行《かんこう》されているので、それを教室にはるために必要《ひつよう》な許可印《きょかいん》を押《お》しに部室に来るのだ。

「さ、さっさとはんこを押して、帰って録画《ろくが》した『魔女《まじょ》魔女マージョちゃん』の続《つづ》きを観《み》なくちゃな」

山川先生はそう言ってイスにすわった。

「山川《やまかわ》先生もマージョちゃん観《み》てるんですか？」

「なんだか意外《いがい》ね」

「この前、校長先生にすすめられたんだよ」

「ああ～、あのネズミネコ男爵《だんしゃく》に……」

先日、トキオたちは、校長先生がマージョちゃんの師匠《ししょう》・ネズミネコ男爵のコスプレをして、学校じゅうをうろうろしていたことをスクープした。

あれ以来《いらい》、校長先生は反省《はんせい》したのか、校内での目撃情報《もくげきじょうほう》はない。

「先生、こう見えて、マージョちゃんの絵をかくのが得意《とくい》なんだぞ」

山川先生の特技《とくぎ》は絵をかくこと。このあいだもその絵のおかげで、トキオたちはシルクハット団《だん》の謎《なぞ》を解《と》くことができた。

「そうだ、はんこを押《お》す代《か》わりに、オレが絵をかくっていうのはどうだ？　最近《さいきん》、『マッチョじいさん』っていうキャラを思いついてな」

山川先生はペンを手に取《と》ると、トキオタイムズのすみに絵をかこうとした。

「ちょっと、何するんですか！」

「マッチョじいさんをかくつもり⁉」

トキオとキョウコは、あわてて山川《やまかわ》先生からペンを取《と》りあげた。

ふたりとも、トキオタイムズを発行《はっこう》していることに誇《ほこ》りを持《も》っている。

山川先生に余計《よけい》なものをかきこまれたくなかったのだ。

「オレの絵、キュートなんだけどなぁ」

「マッチョじいさんは全然《ぜんぜん》キュートじゃない！」

山川先生は、「新聞に４コマまんがが必要《ひつよう》になったら、いつでも声をかけてくれよ」

と言いながら、許可印《きょかいん》を押《お》そうとした。

「ん？　なんだこれは？」

「どうしたんですか？」

「いや、この新聞なんだけどね……」

山川先生は、いちばん上におかれていた新聞を、トキオたちに見せた。

「あああ！」

それは、ミライタイムズだった。

「まさか！」

見ると、20部《ぶ》のトキオタイムズが、すべてミライタイムズに変《か》わっていた。

『知識《ちしき》と知恵《ちえ》が消滅《しょうめつ》！　学校じゅうの本が白紙に!?』（謎新聞《なぞしんぶん》No.《ナンバー》0007を見よう）

「文字も写真《しゃしん》もイラストも白紙になるですって!?　それじゃあ読みかけの『走りすぎたメロスン』7巻《かん》が読めなくなっちゃうじゃない！」

「なんだそれ!?」

「メロスンっていう人が友達《ともだち》のために走って、いつのまにかマラソンランナーになって世界大会《せかいたいかい》を目指《めざ》すっていう人気シリーズよ」

「なんかおもしろそうだな。オレも読みたい！」

瞬間《しゅんかん》、ミライタイムズがかがやき、ホログラムがうかびあがった。

「ぶわはははっはっはっはっはっは！　どれだけ速《はや》く走ったとしても、白紙になる恐怖《きょうふ》から逃《のが》れることはできないぞ」

「シルクハット団《だん》！　新聞をもとにもどせ！　オレのかいた『消《け》しゴム落《お》とし王・独占《どくせん》インタビュー！』の記事《きじ》はまだだれも読んでないんだぞ！」

「そうよ！　わたしが撮《と》ったタカシくんの写真《しゃしん》もおひろめしてないのよ！」

「ぬははは、消しゴムだけに、このわたしが消したということだな。もとにもどしたかったら、謎《なぞ》を解《と》くのだ。ぶわはははははっはっはっは！」

団長《だんちょう》の笑《わら》い声《ごえ》とともに、ホログラムが消《き》えた。

「おお、あれがうわさのシルクハット団か」

シルクハット団《だん》のことは先生たちのあいだでも話題《わだい》になっているらしい。

「山川《やまかわ》先生、ミライタイムズなんかに許《きょ》可《か》印《いん》押《お》しちゃだめですからね！」

「トキオ、謎《なぞ》を見るわよ！」

「おお！」

　トキオとキョウコは、ミライタイムズを見た。

「う－1＝わ、え－1＝に、し－1＝ん、た－1＝**？**　ここの『**？**』に入る1文字をさがせってことか……」

「文字に何か意《い》味《み》があるのかな？　『うえした』……。わかった！　上と下にヒントがかいてあるのね！」

う－1＝わ
え－1＝に
し－1＝ん
た－1＝？

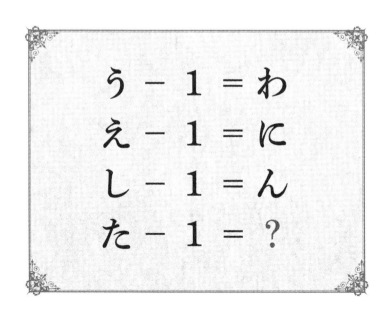

キョウコは顔を上げ、そして下げた。

「天井《てんじょう》、異常《いじょう》なし！　床《ゆか》、異常なし！　手がかりは何もなーし！」

「……キョウコ、とりあえず取材《しゅざい》に行こっか」

「そ、そうね」

トキオは、はずかしそうにしているキョウコを連《つ》れて、部室《ぶしつ》を出ていった。


ふたりは、図書室にやってきた。

「なるほどねえ〜、本のことは本に聞けってことかあ」

山川《やまかわ》先生も連《つ》いてきている。

「謎《なぞ》はオレたちにまかせてください！」

「さあ、トキオ、手がかりをさがすわよ！」

「おお！」

トキオは本棚《ほんだな》のほうへ早足で近づくと、食いいるように本を見た。

「手がかり、手がかり、手がかり……」

「そんなに目を近づけて見ても、あんまり意味《いみ》ないと思うけど」

「あああ！」

「どうしたの？　何か見つけたの？」

キョウコと山川《やまかわ》先生はあわててトキオのそばへむかった。

「謎《なぞ》を解《と》くための手がかりをさがしていたら、新しい謎を見つけたんだ！」

トキオは本の背表紙《せびょうし》を指《ゆび》さす。

本の背表紙には、『93　ト－1』や『93　ト－2』とかかれたシールがはられていた。

「すべての本に同じようなシールがはってあるんだ。シルクハット団《だん》め、どこまで謎だらけにすれば気がすむんだ！」

「ちょっと待《ま》って。これってたしか」

キョウコが何かを言おうとすると、それよりも早く、山川先生が口を開《ひら》いた。

「それは、本を管理《かんり》するための番号《ばんごう》だね」

「管理するための？　でもカタカナもかかれていて、まるで暗号《あんごう》みたいですよ!?」

トキオが見ていたのは、『土佐健《とさけん》』という作者《さくしゃ》の本だった。

「それは単《たん》に、作者《さくしゃ》の名前の頭文字《かしらもじ》をカタカナにしているだけだよ」

「そうそう。図書委員《いいん》が本を整理《せいり》するときにわかればいいんだから」

「なんだ、そうなのか」

トキオは新たな謎《なぞ》ではないとわかり、ほっとする。

瞬間《しゅんかん》、トキオの脳裏《のうり》に電気が走った。

「なるほど！　そういうことだったのか！」

トキオはポーチの中から手帳《てちょう》とペンを取《と》りだすと、いきおいよくかきこむ。

そして、ペンを持《も》った手を天にむかってつきあげた。

「このネタ、スッパぬきだぜ！」

「トキオ、謎《なぞ》が解《と》けたの？」

トキオは自信満《じしんまん》まんの表情《ひょうじょう》をうかべて、ふたりを見た。

「ヒントは、**ひらがなをカタカナに変《か》えて、１つだけぬくこと**だ！」

トキオたちは新聞部《しんぶんぶ》の部室にもどってくると、机《つくえ》の上に積《つ》まれたミライタイムズを見つめた。

「トキオくん、どういうことだい？」

「わたしも全然《ぜんぜん》わからないわ！」

山川《やまかわ》先生とキョウコは、トキオの出したヒントの意味《いみ》がわからず、首をかしげた。

「さっき図書室で見た本の作者《さくしゃ》の名前は、漢字《かんじ》でかかれていたのに、整理《せいり》するときはカタカナを使《つか》っていただろう」

「そうだったわね」

「つまり、この謎《なぞ》もまず、文字を全部《ぜんぶ》カタカナにするんだ」

トキオは文字をかきだした。

うー1＝わ
ウ　　ワ
えー1＝に
エ　　ニ
しー1＝ん
シ　　ン

「キョウコ、カタカナを見て、何か気づくことないかな？」

「ええっと……、あっ、『ウ』から1画ぬくと、『ワ』になるわ」

「ほかも同じだ。『エ』から1画ぬくと『ニ』。『シ』から1画ぬくと『ン』！」

「なるほど！　1を引くってかいてあっ

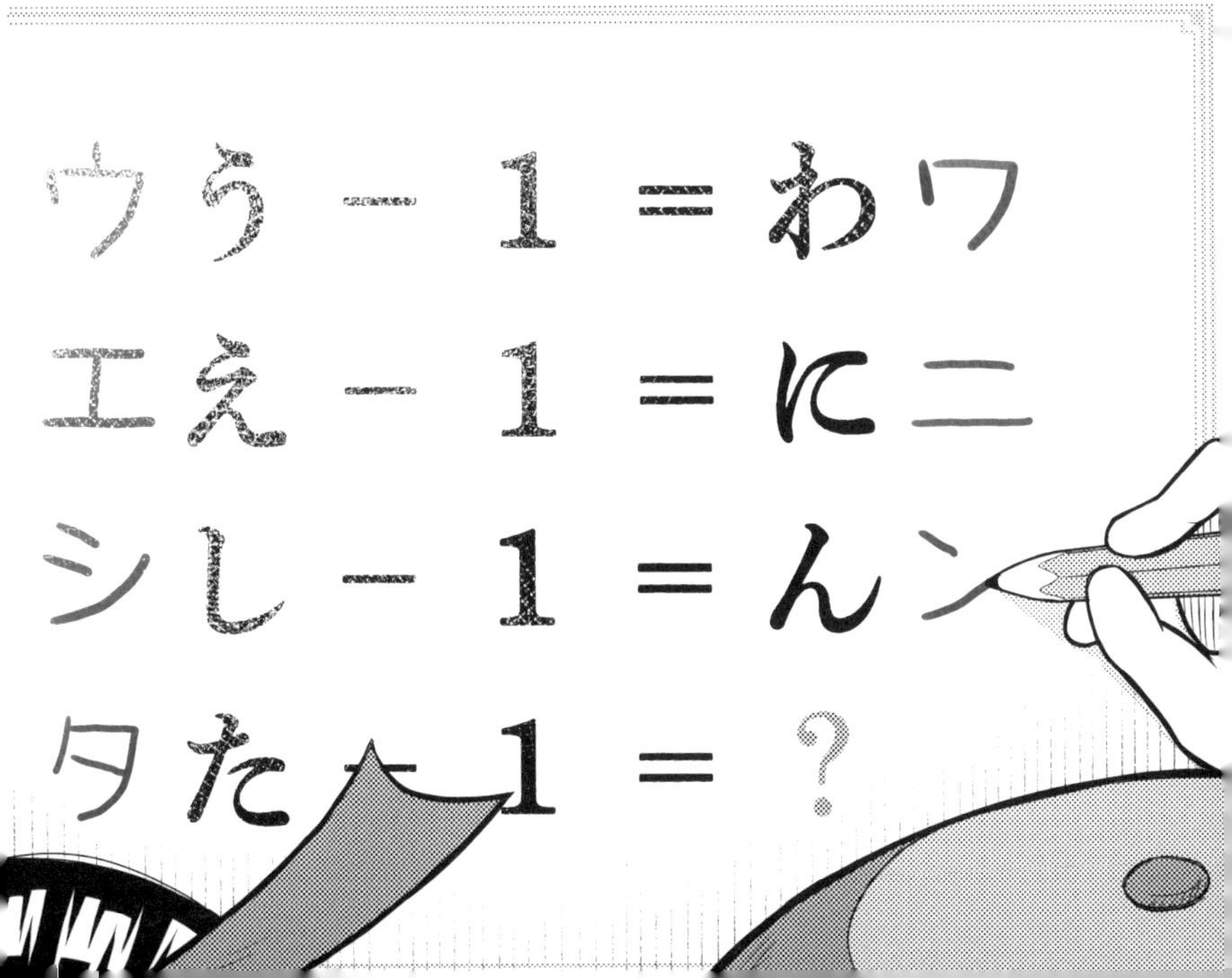

たのはそういう意味《いみ》だったのね！」

「『？』は『タ』から1画ぬくってことだから……」

「それはええっと、ああ！　『ク』だから、答えは『く』ね！」


「ぬうわあああああああ！」


新聞がかがやき、シルクハット団《だん》のホログラムがうかびあがった。

「まさかこの謎《なぞ》を解《と》くとは。わたしの計画は、完全《かんぜん》に白紙になってしまったようだな」

「たとえ謎が解けなくて本が白紙になっても、全部《ぜんぶ》もと通りにかけばいいんだ！」

「ええ！　『だれにも借《か》りられていない図書室の本をさがせ』特集《とくしゅう》を実現《じつげん》させるためなら、何時間、何十時間かきつづけても全然《ぜんぜん》、苦（く）じゃないわ！」

「どうやらキミたちの心の図書室《としょしつ》は、知恵《ちえ》と勇気《ゆうき》でうまっているようだな。だが、今《こん》度《ど》はこういかないぞ。また会おう！」

ミライタイムズから黒い煙《けむり》が出る。

煙《けむり》が消《き》えると、もとのトキオタイムズにもどった。

「やったわね、トキオ！」

「ああ！　さあ、山川《やまかわ》先生！　早く許可《きょか》のはんこを押《お》してください！」

「よし、じゃあ一気《いっき》に押すぞ〜！」

山川先生は、トキオタイムズにいきおい良《よ》く許可印《きょかいん》を押した。

「ん？」

「どうしたんですか？」

「い、いや、なんだ、ははは。はんこのインクが……、切れてた」

「えええ〜！」

結局《けっきょく》、インクの替《か》えは見つからず、トキオタイムズをはりだすのは、次《つぎ》の日になってしまった。

第8話 名コンビ、解《かい》散《さん》!?

「そんなのありえない！」

昼休みの教室に、突然《とつぜん》キョウコの声がひびきわたった。

クラスメイトたちが一斉《いっせい》にうしろを見ると、トキオタイムズがはられた掲示板《けいじばん》の前にトキオとキョウコが立っていた。

「来週号《らいしゅうごう》からわたしの写真《しゃしん》を使《つか》わないってどういうことよ!?」

「使わないとは言ってないだろ。これからは山川《やまかわ》先生のかいたイラストも使っていこうって言ったんだ」

この前トキオとキョウコは、結局《けっきょく》、山川先生の提案《ていあん》をことわることができず、トキオタイムズに先生のかいた4コマまんがをのせた。

マッチョじいさんが町じゅうで大暴《おおあば》れするというシュールなまんがだ。

一度《ど》掲載《けいさい》すれば山川《やまかわ》先生も満足《まんぞく》して、もう無理《むり》は言ってこないだろうとトキオたちは思っていた。

しかし、まんがを掲載したとたん、信《しん》じられないことが起《お》きた。

児童《じどう》たちのあいだで、トキオタイムズが大人気になったのだ。みんな山川先生のまんがを気に入ったのだという。

おおぜいの児童たちが部室《ぶしつ》にやってきて、あまっている新聞をほしがった。こんなこと、トキオタイムズを発行《はっこう》して以《い》来《らい》初《はじ》めてである。

トキオは山川《やまかわ》先生のまんがばかり注目《ちゅうもく》されることに納得《なっとく》していなかった。トキオタイムズは真実《しんじつ》を追求《ついきゅう》した記事《きじ》が売りの、硬派《こうは》な新聞だからだ。

だが、山川先生のまんがをこのままなくしてしまうのはもったいないと考えたトキオは、あるアイデアを思いついた。

山川先生に、記事のイラストをかいてもらうことにしたのだ。

今まで記事にはキョウコの撮《と》った写真《しゃしん》を使《つか》っていた。

トキオは、キョウコの写真と山川先生のイラストを、1週ずつ交代《こうたい》で新聞にのせようと思ったのだ。

「来週号《らいしゅうごう》の予定《よてい》は『節約《せつやく》女王・フジコ独占《どくせん》インタビュー』だ！」

フジコとはとなりのクラスの女の子である。節約するのが得意《とくい》で、その節約技《せつやくわざ》を紹《しょう》介《かい》してもらおうと思っていたのだ。

「わたし、絶対反対《ぜったいはんたい》だから！」

「フジコの独占インタビューに？」

「そうじゃなくて、山川先生のイラストを使《つか》うってことに反対《はんたい》なの！」

「どうしてだよ。みんながトキオタイムズを見てくれるようになるんだぞ」

「それって、わたしの写真《しゃしん》だけだとだれも見てくれてないってことでしょ！」

「そういうこと言ってるんじゃなくて」

「わたしの写真、必要《ひつよう》ないってことでしょ！」

「だから――」

「トキオなんて大っきらい！　わたし、もうトキオといっしょに新聞なんか作りたくない！」

キョウコはそう言うと、そのまま教室を出ていってしまった。

「トキオくん、どうしたの？」

「キョウコちゃん、怒《おこ》ってたよね？」

エイジとモモコがそばにやってきた。

「オレはトキオタイムズのことを思って言っただけなのに……」

トキオは、そんな気持《きも》ちをわかってくれないキョウコにいらだちを感《かん》じた。

（ほんと、トキオってサイテー！）

キョウコはろう下を歩きながら、ひとり、心の中で文句《もんく》を言いつづけていた。

「おや、どうしたんだい？」

声がした。

見ると、山川《やまかわ》先生が立っている。

「山川先生、よかったですね！　トキオ、先生のイラストをこれからも使《つか》いたいって言ってましたよ！」

キョウコはそう言うと、山川先生の前を通りすぎようとした。

「そのことなんだけどね――」

山川先生は頭をかいた。

「いやあ、キミたちには申《もう》しわけないんだけど、ことわろうと思っているんだ」

「どういうことですか？」

「マッチョじいさんをのせてもらってうれしかったんだけど、やっぱりあの新聞は、キミたちふたりのものだからねえ」

山川《やまかわ》先生は、今までに発行《はっこう》されたトキオタイムズを、あらためて読みかえしたのだという。

「それで、気づいたんだ。あの新聞は、トキオとキョウコ、キミたちの記事《きじ》と写真《しゃしん》があって、はじめてトキオタイムズなんだって」

山川先生はそう言って、キョウコが首から下げているカメラをじっと見つめた。

「トキオの記事と、わたしの写真……」

キョウコは、新聞部《しんぶんぶ》を設立《せつりつ》した日のできごとを思いだした。

1年前のあの日、キョウコは学校の中庭《なかにわ》で泣《な》きそうになっていた。

お気に入りのピンク色のカメラをなくしてしまったのだ。

「たしかにここにおいたはずなのに」

中庭のベンチにすわったとき、となりにあった台の上にカメラをおいていた。

しかし、気がつくと台ごとカメラがなくなってしまっていたのだ。

「おい、どうしたんだ？　この世《よ》の終《お》わりみたいな顔をして」

キョウコのそばに、ひとりの男の子がやってきた。

それがクラスメイトのトキオだった。

キョウコがカメラをなくしてしまったことを話すと、トキオはにっこりと笑《わら》って言った。

「安心《あんしん》しろ！　オレにまかせとけ！」

そして、ベンチのよこにひざをついてはいつくばり、地面《じめん》を食いいるように見つめはじめた。

「何してるの⁉」

「すべての謎《なぞ》には答えがある。オレは今、その手がかりをさがしてるんだ」

トキオは土で手やひざが汚《よご》れるのも気にせず、地面にはいつくばりつづけた。

5分。10分。15分……。

トキオは決《けっ》してあきらめない。

キョウコはそんなトキオにおどろきつつも、だんだんたよりにしはじめていた。

「おお、これは！」

トキオはあるものを見つけた。

台があった場所《ばしょ》から少しはなれたところに、タイヤの跡《あと》が残《のこ》っていたのだ。

「そうか。そういうことか」

トキオはキョウコのほうを見た。

「このネタ、スッパぬきだぜ！」

キョウコが台だと思っていたのは、学校の用務員《ようむいん》さんが使《つか》っている『カート』だったのだ。

「おそらく、用務員さんがたまたまベンチのよこにカートをおいてたんだろう。キョウコはその上にカメラをおいちゃったんだよ」

そして、キョウコが目をはなしているあいだに、用務員さんはカートを移動《いどう》させてしまい、カメラが台ごと消《き》えてしまったと勘《かん》ちがいしたのだ。

トキオとキョウコは、校庭《こうてい》の花《か》壇《だん》で土の入れかえをしている用務《ようむ》員《いん》さんのもとへやってきた。

　そばには、カートがおかれ、ふたりがその上を見ると、トキオの推理《すいり》どおり、そこにキョウコのピンク色のカメラがあった。

「すごい！　言ったとおり！」

「当然《とうぜん》だろ。うちは代《だい》だいジャーナリストの家系《かけい》だからな。先祖《せんぞ》のトキ衛門《えもん》っていう人は、江戸幕府《えどばくふ》が終《お》わるのをまっ先にスッパぬいた人なんだぞ」

「なんかうそっぽい話なんだけど」

「ほんとだって。ペリーに聞いてみろ」

「聞けないし」

「とにかく、オレにとって、真実《しんじつ》を追究《ついきゅう》するのは使命《しめい》みたいなものなんだ！」

トキ衛門《えもん》の話はうさんくさいが、謎《なぞ》を解《と》こうとする情熱《じょうねつ》だけは本物《ほんもの》だ。

感心《かんしん》していたキョウコは、そのときふと、トキオの手に、1枚《まい》の紙がにぎられていることに気づいた。

紙には、『新しい部《ぶ》の届《とど》け出《で》』とかかれていた。

「それは何？」

「あ〜、『新聞部』を作ろうと思ってるんだ」

トキオはさまざまな真実を追求していくために、新聞部を設立《せつりつ》し、トキオタイムズという新聞を発行《はっこう》する予定《よてい》なのだという。

「いいわねえ。みんなで新聞を作るのね」

「ひとりだけど」

「へっ？」

どうやら、トキオの情熱《じょうねつ》についてくる人はだれもいなかったようだ。

「ひとりで、新聞を作るの？」

「ああ、毎週発行《はっこう》していくつもりだ」

「それって……」

かなり大変《たいへん》な作業《さぎょう》のような気がする。

しかし、なんだかみょうに楽しそうな気がした。

「新聞かぁ。だったらカメラマンも必要《ひつよう》よね？」

「まあな」

「わたしが入ってあげよっか」

「入るって、どこに？」

「もちろん、新聞部《しんぶんぶ》によ！」

「へっ？」

おどろくトキオにむかって、キョウコはにっこりと笑《わら》った。

「わたし……」

そのことを思いだしながら、キョウコは首から下げたカメラをぎゅっとつかんだ。

今までいろいろな写真《しゃしん》を撮《と》ってきた。

毎日楽しかった。

これからもトキオタイムズを作っていきたい。

それが、キョウコの素直《すなお》な気持《きも》ちだった。

「僕《ぼく》は反対《はんたい》だな」

「わたしも」

エイジとモモコは、トキオから山川《やまかわ》先生がかいたイラストを新聞にのせることを聞き、きっぱりとそう答えた。

「トキオタイムズは、トキオくんとキョウコちゃんが作っているからおもしろいんだ」

「山川《やまかわ》先生のイラストはたしかにインパクトがあるけど、キョウコちゃんの写真《しゃしん》がのってないトキオタイムズなんて、充電《じゅうでん》の切れたスマホのようなものだわ」

「それってつまり、あってても意味《いみ》がないってこと?」

トキオがそう言うと、エイジとモモコは大きくうなずいた。

「オレと、キョウコがいてこそ、トキオタイムズか……」

トキオも、新聞部《しんぶんぶ》を設立《せつりつ》した日のできごとを思いだした。


あの日、トキオはひとり落《お》ちこんでいた。新聞部を作ろうと思ったものの、だれも入ってくれなかったのだ。

取材《しゅざい》は好《す》きだ。謎《なぞ》を解《と》きあかすのも好きだ。

しかし、ひとりで新聞を作るのはなんだかさびしかった。

そんなとき、キョウコが言った。

「わたしが、入ってあげよっか」

その言葉《ことば》に、トキオはおどろいた。

けれど、そのおどろきの何十倍《なんじゅうばい》もうれしかった。

「オレ……」

そのことを思いだしながら、トキオはパイプ形《がた》のペンをぎゅっとつかんだ。

暑《あつ》い日も寒《さむ》い日も、桜《さくら》が咲《さ》く季節《きせつ》も、紅葉《こうよう》の季節《きせつ》も、トキオはキョウコといっしょに、トキオタイムズを作ってきた。

トキオの記事《きじ》と、キョウコの写真《しゃしん》。

2つがあってはじめて、トキオタイムズはトキオタイムズと言えるのだ。

「トキオくん、大変《たいへん》だ！」

エイジが大声をあげた。

見ると、エイジとモモコが掲示板《けいじばん》にはられた新聞を見ている。

「もしかして!?」

トキオもあわてて新聞のほうを見る。

トキオタイムズが、ミライタイムズにはりかわっていた。


『蛇口《じゃぐち》から接着剤《せっちゃくざい》！　手洗《てあら》い場《ば》が危険地帯《きけんちたい》に！』（謎新聞《なぞしんぶん》No.《ナンバー》0008を見よう）

「これじゃあ手が洗えないじゃないか！」

「図工のバケツに水も入れられなくなるし、雑巾《ぞうきん》もしぼれなくなるわね」

「雑巾も!?　そうじができなくなるなんて、大問題《だいもんだい》じゃないか！」

「トキオくん、そうじ好《ず》きだもんね」

「そうじ大臣《だいじん》として、こんなこと絶対《ぜったい》にゆるすことはできない！」

瞬間《しゅんかん》、ミライタイムズがかがやき、ホログラムがうかびあがった。

「ぶわははっはっはっはっは！　シルクハット印《じるし》の接着剤《せっちゃくざい》は強力だぞ。今日という今日は、この学校に『絶望《ぜつぼう》』という名のプレゼントをくっつけてあげよう」

「そんな……」

トキオは一瞬《いっしゅん》ひるむ。すると、教室の扉《とびら》が開《あ》いた。

「トキオ、なに弱気になってるのよ！」

そこに立っていたのは、キョウコである。

「弱気になってるヒマがあったら、さっさと、わたしたちのトキオタイムズを取《と》りもどすわよ！」

「わたしたちの……」

トキオは、笑《え》みをうかべた。

「そうだな！　オレたちふたりがいれば、どんな謎《なぞ》だって解《と》ける！」

トキオとキョウコはならんで立つと、ミライタイムズをにらんだ。

「ほう、おもしろい。ミライタイムズとトキオタイムズ、どちらがこの学校にふさわしい壁新聞《かべしんぶん》か勝負《しょうぶ》だな！　ぶわははっはっはっはっは！」

団長《だんちょう》の笑《わら》い声《ごえ》とともに、ホログラムが消《き》えた。

「トキオタイムズのほうがふさわしいに決《き》まってるだろ！」

「・・・・・」

「もちのろん！　トキオ、謎《なぞ》を見るわよ！」

トキオとキョウコは、ミライタイムズを見た。

「畳《たたみ》、クジャク、写真《しゃしん》、コーヒー、で矢印《やじるし》になっていて、タクシーか」

「これ、タクシーで行く大人のデートコースよ！　畳のある家から出発《しゅっぱつ》。クジャクと写真を撮《と》って、コーヒーを飲《の》む！」

「それが大人かよ」

あいかわらず、キョウコの推理《すいり》はずれている。

しかし、そういうずれこそが、シルクハット団の謎を解《と》くためには必要《ひつよう》なのだ。

「『？』に何が入るかってことだな。左からペットボトル、桃《もも》、なわとび、いや、2

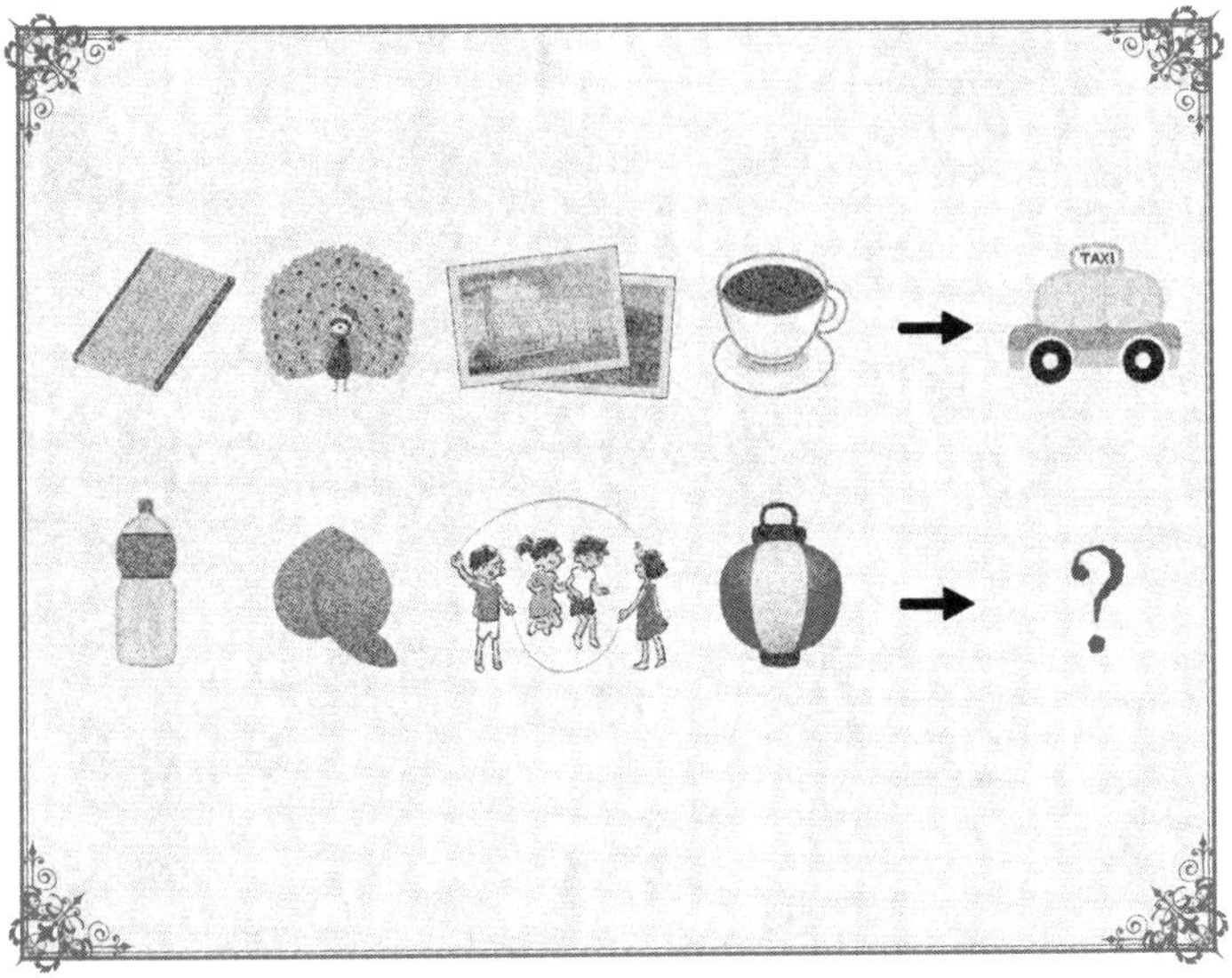

本のロープを使っているからダブルダッチか、そして、ちょうちん……」

「どうやら大人のデートコースじゃないみたいね……」

「それは最初《さいしょ》からわかってる。とにかく、取材《しゅざい》だ。取材をすれば、きっと手がかりが見つかるはずだ！」

「ええ！」

ふたりはいきおいよく教室を飛《と》びだした。

「だけど、どこをさがせばいいの？」

ろう下に出たトキオとキョウコはあたりを見まわすが、手がかりになりそうなものはどこにもなかった。

「こういうときは、あれの出番だな!」

トキオはポーチの中から何かを取《と》りだした。

「トゥルース・ジャッジメント!」

名前はすごいが、ただの棒《ぼう》だ。

「そんな棒、何に使《つか》うのよ?」

「これはオレたちの行くべき場所《ばしょ》を示《しめ》してくれるんだ!」

トキオはそう言うと、棒を床《ゆか》に立て、手をはなした。

棒は、前方にむかってたおれた。

「前へ進《すす》めってことだな!」

「最初《さいしょ》から前へむかって進んでるけどね」

「オレたちの進む道に壁《かべ》はない!」

トキオは胸《むね》をはって、前へ進《すす》むことにした。

「ん？」

前方を見ると、人が集《あつ》まっている。

「なんだ？」

トキオとキョウコはそばへとむかった。

「あああ！」

みんなの前に手洗《てあら》い場《ば》がある。その手洗い場の蛇口《じゃぐち》から、どろどろとした液体《えきたい》が出ていた。

「接着剤《せっちゃくざい》よ！」

ミライタイムズの影響《えいきょう》が出はじめているようだ。

「危険《きけん》だ！　みんな下がれ！」

トキオはあわててみんなの前に立つと、手洗い場からはなれさせた。

しかしその瞬間《しゅんかん》、いきおいあまって足をすべらせてしまった。

「わああ！」

ろう下にたおれてしまう。

「トキオ、大丈夫《だいじょうぶ》!?」

「これもシルクハット団《だん》のワナか!」

「いや、ちがうと思うけど」

「ぐうう、はずかしい」

トキオは何事《なにごと》もなかったようなふりをしながら、立ちあがろうとした。

そのよこで、ひとりの女の子がまだ手洗《てあら》い場《ば》に立っていた。

節約《せつやく》女王・フジコである。

「危険《きけん》だぞ、下がれ!」

「待《ま》って。あともうちょっとなの!」

「フジコちゃん、何してるの?」

「このまま捨《す》てちゃうのもったいないでしょ」

見ると、フジコは小さくなった石けんを持《も》っていた。

手洗い場の蛇口《じゃぐち》には、網《あみ》に入った石けんがくくりつけられている。

フジコが持《も》っているのは、小さくなったために使《つか》わなくなった石けんのようだ。

「こうやって新しい石けんにくっつければ、まだまだ使えるからね」

フジコは網《あみ》に入った新しい石けんを取《と》り、小さくなった石けんをくっつけた。

「それ、今することなのか？」

「蛇口《じゃぐち》から接着剤《せっちゃくざい》が出てるのよ！」

「わたしをだれだと思ってるの？　節約《せつやく》女王のフジコよ。どんな危険《きけん》があろうとも、わたしはもったいないことがゆるせないの。トキオくんとキョウコちゃんだって、記者《きしゃ》としてゆるせないことがあるでしょ？」

その言葉《ことば》に、トキオたちははっとした。

「そう言われれば、そうね……」

「ああ。オレたちも、どんなに危険《きけん》だってシルクハット団《だん》のやってることがゆるせない。さすが、節約《せつやく》女王。ますます独占《どくせん》インタビューをしたくなったぜ！」

トキオはそう言って、何気《なにげ》なく2つのくっついた石けんを見た。

「ん？」

トキオはうでを組み、考える。瞬間《しゅんかん》、トキオの脳裏《のうり》に電気が走った。

「そうか！　見つけたぞ！　絵の中にかくされていたものを！」

トキオはポーチの中から手帳《てちょう》とペンを取《と》りだすと、いきおいよくかきこむ。そして、ペンを持《も》った手を天にむかってつきあげた。

「このネタ、スッパぬきだぜ！」

「トキオ、何がかくされてるの？」

トキオは自信満《じしんまん》まんの表情《ひょうじょう》をうかべて、キョウコを見た。

「ヒントは、**絵の中にかくされた同じ『2つ』をさがすこと**だ！」

トキオたちは教室にもどってくると、ミライタイムズの前に立った。

「ねえ、トキオ、早く教えて！」

「ああ、節約《せつやく》女王・フジコを見てわかったんだ」

「どういうこと？」

「フジコは、小さな石けんと新しい石けんをくっつけていただろ。重要《じゅうよう》なのは2つの同じものってことだったんだ」

「全然《ぜんぜん》わからないんだけど」

「謎《なぞ》にかかれた絵を文字にすれば、キョウコにもわかるはずだ。『たたみ』で、同じ2つのものは？」

「たたみで？　ええっと……、ああ！　『た』っていう文字が2つある！」

「そう！　たたみは『た』、くじゃくは『く』、しゃしんは『し』、こーひーは『ー』」

たたみ——た
くじゃく——く
しゃしん——し
こーひー——ー
「順番《じゅんばん》に読んでいくと……、『たくしー』になるわ！」
「その通り！　同じように『？』のかかれた絵も解《と》いていくと」
ぺっとぼとる——と
もも——も
だぶるだっち——だ
ちょうちん——ち
「と・も・だ・ち。答えは『友達《ともだち》』だ！」

「ぬうれあああああああ！」

新聞がかがやき、シルクハット団《だん》のホログラムがうかびあがった。

「まさか、完璧《かんぺき》にかためた謎《なぞ》を解《と》きあかすことができるとは！」

「友達《ともだち》どうしで声をかけあって接着剤《せっちゃくざい》の出る蛇口《じゃぐち》を使《つか》わなければ、だれもかたまることなんてないんだ！」

「友情《ゆうじょう》という名の絆《きずな》が、がっちりかたまっているもんね！」

「ああ！　そして、この学校にふさわしいのはミライタイムズじゃない。トキオタイムズだ！」

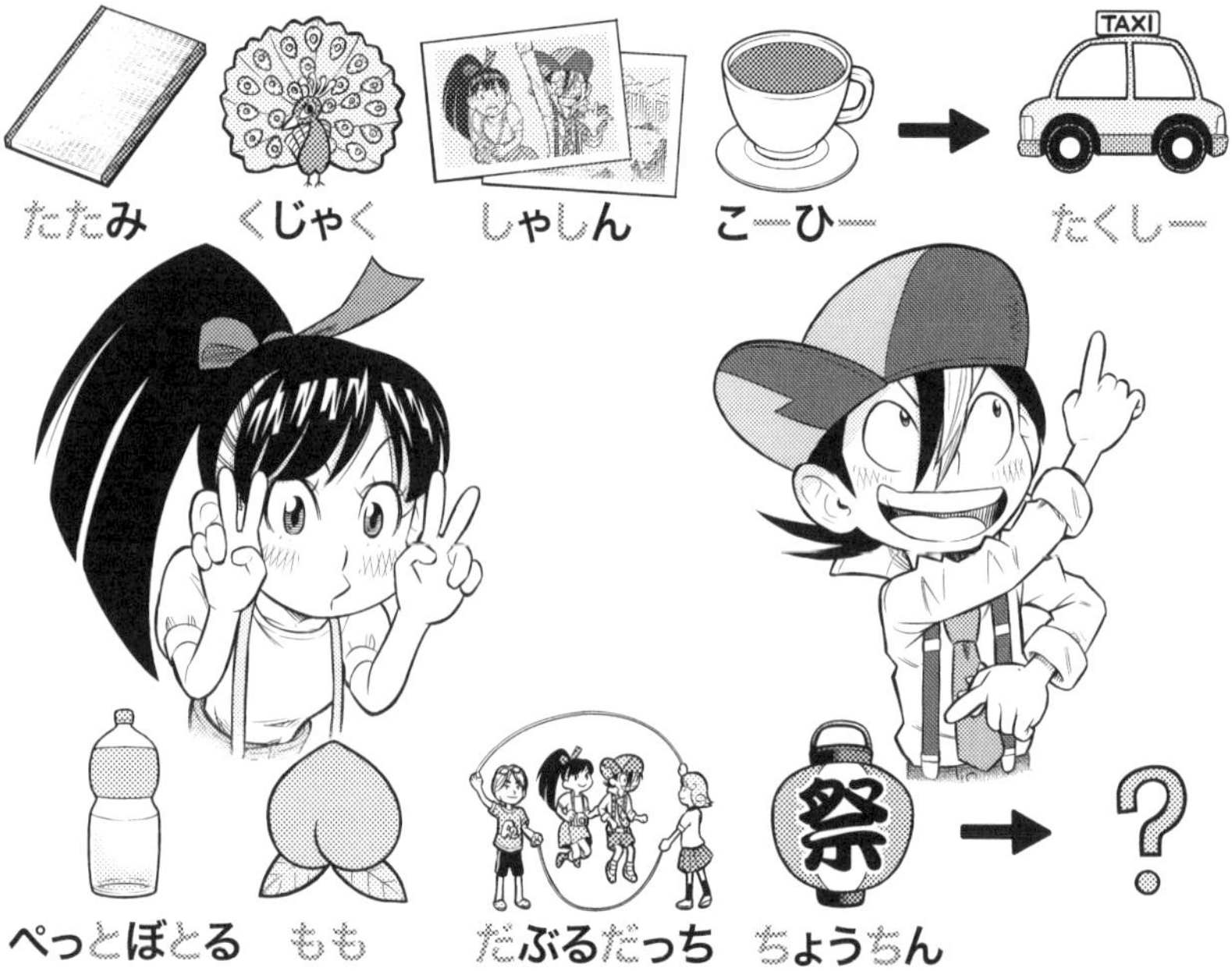

「ぬうう。いいだろう。今回のところはこれでかんべんしてやる。しかし、わたしはあきらめないぞ。この世《よ》に謎《なぞ》があるかぎり。わたしはいつでも帰ってくる。もっとむずかしい謎を用意《ようい》してな。また会おう！　ぶわはははっはっはっはっはっは！」

ミライタイムズから黒い煙《けむり》が出る。

煙が消《き》えると、もとのトキオタイムズにもどった。

「さすが、トキオくんだね！」

「やったわね、キョウコちゃん！」

エイジやモモコたちクラスメイトがふたりのそばに集《あつ》まってきた。

トキオはみんなにかこまれながら、キョウコのほうを見た。

「……キョウコ、これからも、トキオタイムズをいっしょに作っていってくれるかな？」

トキオはそう言って、手をさしだす。

そんなトキオを見て、キョウコも手をさしだした。

「もちろんよ。トキオタイムズは、わたしとトキオが作らなきゃ、おもしろくならないでしょ！」

トキオとキョウコは笑《え》みをうかべた。

そして、握手《あくしゅ》をした。

それは、どんな強力な接着剤《せっちゃくざい》よりもふたりをかたくむすびつける、友情《ゆうじょう》の握手だ。

「よおし、来週号《らいしゅうごう》の取材《しゅざい》に行くぞ！」

「今度《こんど》はどんなスクープがあるかしら！」

教室に、トキオとキョウコの元気な声がひびきわたった。

エピローグ

シルクハット団《だん》の正体!?

「よおし、できたぞ！」

放課後《ほうかご》の部室《ぶしつ》に、トキオのうれしそうな声がひびいた。

トキオとキョウコは机《つくえ》をはさんでむかいあわせにすわっている。机の上には、完成《かんせい》したばかりのトキオタイムズがおかれていた。

『特集《とくしゅう》　シルクハット団《だん》の謎《なぞ》にいどんだ記者《きしゃ》たち！』

最近《さいきん》、シルクハット団は現《あらわ》れていない。次《つぎ》にいつ現れるかはわからないが、トキオたちはそのあいだに、今までのシルクハット団との戦《たたか》いの記録《きろく》を記事《きじ》にすることにしたのだ。

「いろいろな謎にいどんできたもんね」

ふたりは今まで遭遇《そうぐう》した事件《じけん》のことを思いおこした。

「わたしは、体育館《たいいくかん》に閉《と》じこめられちゃったのがいちばん大変《たいへん》だったかな～。あとは、のどを痛《いた》めたトキオの代《か》わりに謎《なぞ》を解《と》いた、保健室《ほけんしつ》の一件《けん》も忘《わす》れがたいわね」

「オレはやっぱり伝説《でんせつ》のプリンの一件だな。年に一度《ど》の楽しみを、あやうくうばわれそうになったからな」

トキオはそう言って、数かずの事件の記事《きじ》を見ながら、「まあ、オレたちに解けなかった謎はないけどな」と笑《わら》った。

それを聞き、キョウコがはっとした。

「ちょっと待《ま》って。わたしたちがまだ解きあかしていない、とんでもない謎があるんじゃない？」

「どういうことだ？　オレたちは全部《ぜんぶ》みごとにスッパぬいただろ？」

「シルクハット団《だん》の謎よ！　何者《なにもの》なのかという謎が、まだ解けていないでしょ！」

「そう言われれば……」

シルクハット団が、いつもどうやってトキオタイムズをミライタイムズにはりかえているのかわからない。数かずのとんでもない現象《げんしょう》をどうやって実現《じつげん》させているのかも謎《なぞ》だ。

「そもそも、あのシルクハット団《だん》の団長って何者《なにもの》なんだ？」

「ある意味《いみ》、それがいちばんの謎ね」

シルクハット団の団長とは今まで何度《なんど》かしゃべったことがある。

しかしその正体はまったく不明《ふめい》だ。

「大金持《おおがねも》ちのヒマ人が、ヒマつぶしでいたずらしてるのかも」

「いやいや、宇宙人《うちゅうじん》かもしれないぞ」

トキオとキョウコはいろいろな仮説《かせつ》を立ててみるが、どれもピンとこなかった。

「もしかして、意外《いがい》と身近《みぢか》な人だったりしてね」

キョウコは冗談半分《じょうだんはんぶん》でそう言った。

すると、今度《こんど》はトキオがはっとした。

「身近な人か……」

たしかに、トキオたちが気づかないあいだに新聞をはりかえることができるのは、学校の中にいる者《もの》だけかもしれない。

「だけど、一体だれが？」

「トキオタイムズのことをよく思っていない人なのかも」

「そんなやつ、いるわけないだろ。トキオタイムズは、みんなに愛《あい》される新聞だぞ」

トキオはそう言って、壁《かべ》にはられている新聞を見た。

トキオタイムズの創刊号《そうかんごう》だ。

創刊号には、校長先生の顔がでかでかとのっていた。

「そう言えば、最初《さいしょ》の記事《きじ》は校長先生の独占《どくせん》インタビューだったな」

「ええ。『どうすれば真面目《まじめ》に勉強《べんきょう》することができるのか』って記事だったわね」

創刊号《そうかんごう》というのはもっとも力の入るものだ。その内容《ないよう》の良《よ》し悪《あ》しで、その後の人気が決《き》まるといっても良い。

そのため、トキオとキョウコはどんな記事《きじ》をかくか必死《ひっし》に考えた。

その最中《さいちゅう》、じゃまが入った。校長先生が、「最初《さいしょ》はもちろん、わたしの独占《どくせん》インタビューがいいだろうね」と言ったのだ。

トキオたちは、最初から校長先生のインタビューなどありえないと思い、ことわろうとした。しかし、校長先生はインタビュー写真《しゃしん》を撮《と》るために、スーツを新調《しんちょう》し、散《さん》髪《ぱつ》までして、準備《じゅんび》をしていた。

結局《けっきょく》、ことわりづらくなったトキオたちは、しかたなく校長先生のことを記事にしたのだった。

「おかげで、とんでもなくつまらなくなったんだよな」

「うん。だって校長先生、真面目《まじめ》すぎるんだもん」

新聞には、校長先生が真面目な顔をして、「真面目がいちばん」とかいた直筆《じきひつ》の色紙を持《も》っている写真《しゃしん》がのっていた。

そんな記事《きじ》のせいで、創刊号《そうかんごう》の評判《ひょうばん》は最悪《さいあく》だった。

今だにトキオタイムズの人気がいまいちなのはそのせいだと、ふたりは思っている。

「身近《みぢか》にいる人ほど、意外《いがい》と足を引っぱるのよねえ」

「まあな。ん……？　身近な人？」

トキオはうでを組み、考えこむ。

「そうか！　わかったぞ！」

「トキオ、どうしたの⁉」

トキオは自信満《じしんまん》まんの表情《ひょうじょう》をうかべると、キョウコを見た。

「シルクハット団《だん》の団長の正体がわかっ

たぞ！　正体は、校長先生だ！」

「えええ？」

「オレたち、今まで何度《なんど》も校長先生のことを記事《きじ》にしてはボツになってるだろ？」

「ええ。『校長先生、まんじゅうつまみ食《ぐ》い事件《じけん》』とか『校長先生、朝礼中《ちょうれいちゅう》、居眠《いねむ》り事件』とか。この前も、『ネズミネコ男爵《だんしゃく》事件』でボツになったわね」

「ボツになっても取材《しゅざい》を続《つづ》けるオレたちを、校長先生はきっとよく思ってないんだ」

「そう言われれば、ミライタイムズがこの学校にはりだされるようになったのは、『ネズミネコ男爵事件』の後よね？」

「ああ。校長先生なら、先生たちを使《つか》ってトキオタイムズをミライタイムズにはりかえることも、とんでもない現象《げんしょう》を起《お》こすことも可能《かのう》だと思うんだ」

「いや、さすがにあんな現象起こすの不可能《ふかのう》だし」

「魔法使《まほうつか》いかもしれないだろ？」

「校長先生が？」

「宇宙人《うちゅうじん》かも！」

「校長先生が⁉」

「あんな現象《げんしょう》をどうやって起《お》こしてるかはわからないけど……だけど、なんだか怪《あや》しいだろ？」

「た、たしかに、ちょっと怪しいけど……」

ガチャ
突然《とつぜん》、部室《ぶしつ》のドアがわずかに開《あ》いた。

すき間《ま》に何かがさしこまれて、床《ゆか》に落《お》ちる。

それは、1枚《まい》の紙だった。

「なんだ？」

トキオはかけよると、ドアの外を見た。

タッタタッタと、部室の上にある階段《かいだん》をだれかがかけあがる音が聞こえた。

「トキオ、これ！」

キョウコは床に落ちていた紙をあわててトキオに見せる。

そこには、『新聞部《しんぶんぶ》のみなさんへ』とサインペンでかかれていた。

『重要《じゅうよう》な真実《しんじつ》を教えよう。教室まできたまえ』

「どういうこと？」

「キョウコ、これを見ろ！」

トキオは、紙にかかれている『真』という文字を指《ゆび》さした。

「文字に変《へん》なくせがあるわね」

「どこかで見たことないか？」

「どこかで……？　ああ！」

キョウコは創刊号《そうかんごう》を手に取《と》ると、写真《しゃしん》に写《うつ》っている校長先生を見つめた。

校長先生は色紙を持《も》っている。そこにかかれた「真面目《まじめ》がいちばん」の「真」の文字に、紙にかかれた文字と同じくせがあった。

「もしかして、この紙の文字も、校長先生がかいたの？」

「その通り！　そして重要《じゅうよう》な真実《しんじつ》というのは、おそらくシルクハット団《だん》のことだ！」

「校長先生が団長だったのね！」

「キョウコ、行くぞ！」

「ええ！　大スクープね！」

トキオとキョウコはそれぞれパイプ形《がた》のペンとカメラを手に取《と》ると、部室《ぶしつ》を飛《と》びだした。


ふたりは、階段《かいだん》を上がり、自分たちの教室の前までやってきた。

「キョウコ、覚悟《かくご》はいいか？」

「・・・・もちのろん」

トキオとキョウコはごくりとつばを飲《の》むと、ドアを開《あ》け、ゆっくりと教室の中へと入った。

教卓《きょうたく》の前に、校長先生が立っている。

「やっぱり校長先生が……」

「……団長《だんちょう》だったのね」

ふたりが校長先生のほうへ近づこうとした、その瞬間《しゅんかん》……。

パーン、パーン！

「おめでとう‼」

机《つくえ》の影《かげ》から飛《と》びだしてきたのは、モモコとエイジ、それに山川《やまかわ》先生だ。

「どうして、みんなが？」

モモコたちは手にクラッカーを持《も》って、にこにこ笑《わら》っている。

「ふたりとも、今までよくがんばったねえ」

校長先生もにこにこしながら、トキオたちの前にやってきた。

「キミたちがシルクハット団《だん》の謎《なぞ》を何度《なんど》も解《と》いてくれたおかげで、大きな騒動《そうどう》にならずにすんだ。わたしはいつも、キミたちのことをすばらしい児童《じどう》たちだと思っていたんだよ」

「ええっと、それってどういうこと？」

「校長先生、先生はシルクハット団の団長じゃないんですか？」

「わたしが、団長《だんちょう》？」

校長先生は「何を言ってるんだね」とおどろいた表情《ひょうじょう》をうかべた。

「校長先生がシルクハット団のわけないだろう。だったらキミたちにごほうびなどあげないよ」

山川《やまかわ》先生が笑《わら》う。

「ごほうび？」

トキオとキョウコが首をかしげていると、校長先生が1本の鍵《かぎ》をさしだした。

「新しい部室《ぶしつ》の鍵だ。倉庫《そうこ》は使《つか》いづらかっただろう。ちょうど1つ部屋《へや》が空いたから、そこを自由《じゆう》に使っていいよ」

「あの、重大《じゅうだい》な真実《しんじつ》というのは……？」

「活躍《かつやく》してくれたお礼《れい》に、学校からキミたちに新しい部室《ぶしつ》をプレゼントするということだよ。キミたちにふさわしいように、ちょっと謎《なぞ》めいた手紙を送《おく》ったつもりだったんだが……」

校長先生は「だめだったかな？」とたずねた。

「つまり、校長先生は、シルクハット団《だん》とはな〜んにも関係《かんけい》ないってこと？」

「どうやら、オレたちが勘《かん》ちがいしてただけみたいだな……」

トキオとキョウコは自分たちを情《なさ》けなく思い、ため息《いき》をついた。

「どうしたんだい、トキオくん？」

「キョウコちゃん、ちゃんとした部室もらえたのにうれしくないの？」

「それは……」

エイジとモモコに言われ、トキオとキョウコはたがいに顔を見合わせる。

「うれしいに決《き》まってるだろ！」

「これでわたしたちもやっと一人前の新聞部《しんぶんぶ》になれるのね！」

まだ、シルクハット団の正体はわからない。

しかし、トキオとキョウコなら、いつかその正体をスクープすることができるかもしれない。

「さあ、どんな謎《なぞ》でもかかってきなさい！」

「オレたちが、スッパぬいてやるぜ！」

トキオとキョウコは、これからも楽しくトキオタイムズを作っていくことをちかうのだった。

この本を最後《さいご》まで読んだキミたちに
シルクハット団《だん》から、とっておきの謎《なぞ》を
プレゼントしよう。
はたして解《と》けるかな？

ぶわはははっはっはっはっは！

謎《なぞ》1

空《くう》らんをうめると、あるメッセージがうかびあがるぞ。
このメッセージを読んで、謎《なぞ》を解《と》く手がかりを
手に入れよう。

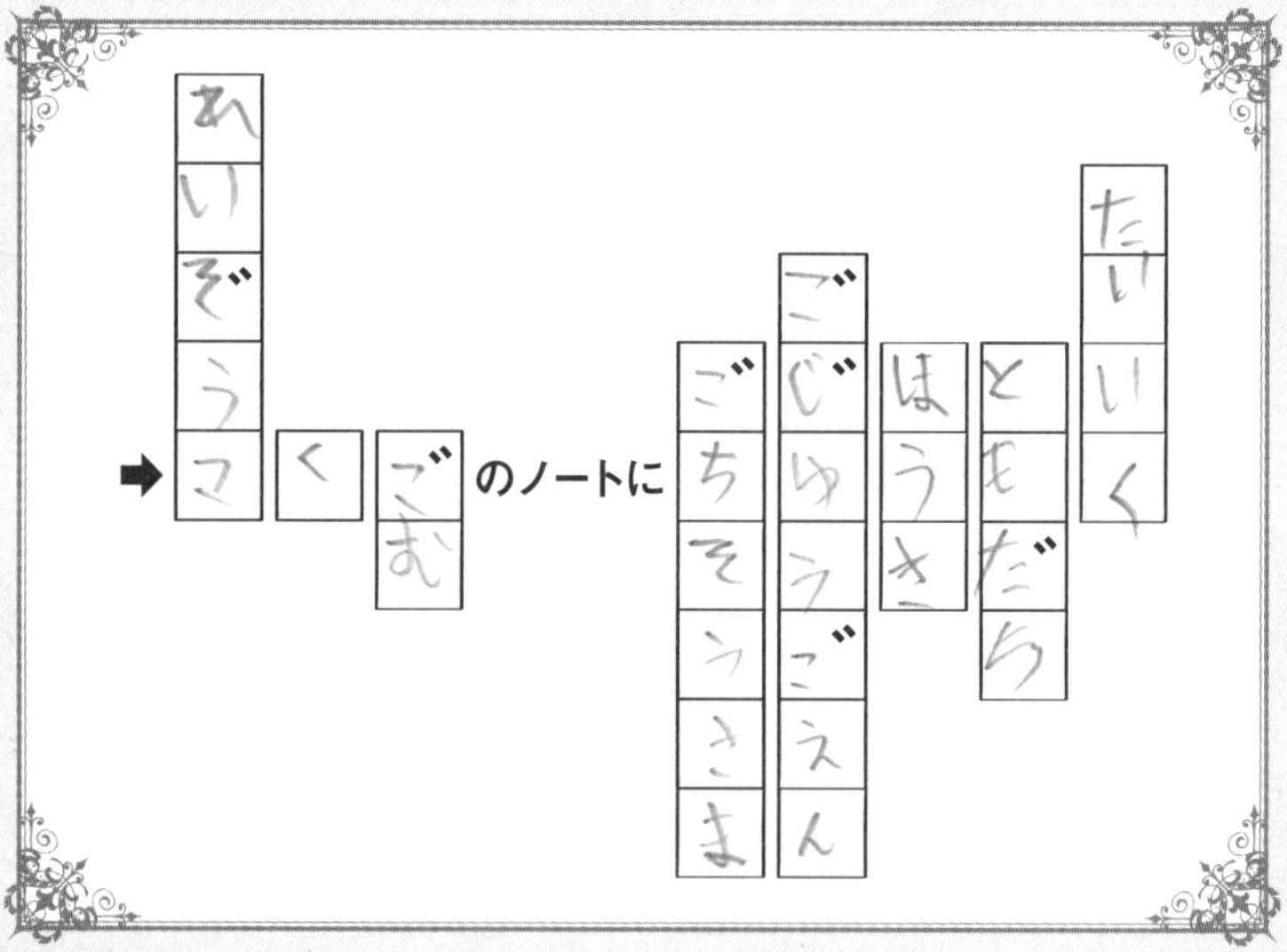

ヒント

- この本の中にある「8つ」の言葉《ことば》がポイントだ。
- 漢字《かんじ》、カタカナ、数字はひらがなに直して、うめよう。
- 「゛」（濁点《だくてん》）の位置《いち》に注意《ちゅうい》しよう。

謎《なぞ》②

謎《なぞ》①のメッセージを読んで手に入れた、手がかりを使《つか》って解《と》きあかそう。

「オトナ＝517」のとき

「トキオ＋ナゾ」は何になる?

カタカナ3文字で答えよ。

ヒント

- 文字と数字の関係《かんけい》がポイントだ。
- 本の中のイラストに手がかりがかくされているよ。

キミは
スッパぬけたかな?!
答えは、最後《さいご》の
ページを見よう!

The Mirai Times
ミライタイムズ

未曾有《みぞう》の天変地異《てんぺんちい》!
ゴミの嵐《あらし》が学校をおそう!

学校中にゴミの山!

大量《たいりょう》のゴミをまきちらすゴミの嵐《あらし》が、全国《ぜんこく》の小学校で猛威《もうい》をふるっている。窓《まど》からふきこんだ大量《たいりょう》のゴミにより、教室の中には黒板《こくばん》も見えなくなるほどのゴミの山ができているという。

授業《じゅぎょう》を中止する学校も続出《ぞくしゅつ》しており、捜査当局《そうさとうきょく》はゴミの嵐の発生原因《はっせいげんいん》の究明《きゅうめい》を急《いそ》いでいる。

いつ終《お》わる!? ゴミの悪《あく》夢《む》

ゴミの嵐《あらし》により、絶《た》え間《ま》なくゴミがふえつづけるため、一部《いちぶ》の学校ではそうじの時間をふやす対策《たいさく》を実施《じっし》。児《じ》童《どう》たちが朝から夕方までそうじをしつづける学校もあるという。

積《つ》もったゴミで窓《まど》が開《あ》けられず、換気《かんき》ができないため悪臭《あくしゅう》で苦《くる》しむ児童も多く、学校関《かん》係《けい》者《しゃ》はゴミの山の対応《たいおう》に頭をかかえている。

と	の	ま	じ	
う		ぶ	そ	
ぐ	は	ど	ら	ょ

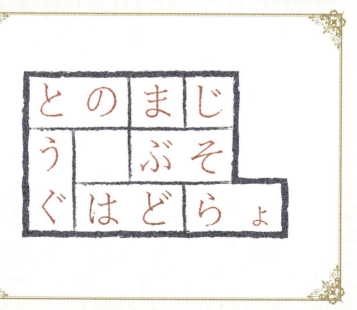

The Mirai Times ミライタイムズ

SILKHAT

校庭《こうてい》で 100万匹《まんびき》の犬 大暴《おおあば》れ!

すさまじいなき声 授業《じゅぎょう》中止へ

小学校の校庭《こうてい》に数十匹《すうじゅっぴき》の犬が集《あつ》まっているのが近所《きんじょ》の女性《じょせい》によって目撃《もくげき》された。

さらに犬の数はふえており、登校時《とうこうじ》には100匹あまりの犬が校庭をうめつくした。専門家《せんもんか》による調査《ちょうさ》が行われたが、犬種《けんしゅ》は不明《ふめい》。

その日、学校側《がっこうがわ》が犬のなき声による授業《じゅぎょう》の中止を決定《けってい》したときには、犬の数はおよそ100万匹《まんびき》にのぼった。

近所の人たちは、犬のなき声でふだんの生活がさまたげられているという。

全国《ぜんこく》に犬の群《む》れ出没《しゅつぼつ》の可能性《かのうせい》も

　同じような事件《じけん》は、ほかの地域《ちいき》でも起《お》こっていることがわかった。これらの犬たちがどこからやってきたのかはいまだわかっておらず、このままでは、全国《ぜんこく》の小学校の校庭《こうてい》でこのような犬が集《あつ》まる現象《げんしょう》が起こる可《か》能性《のうせい》もあるという。

　犬たちは大声でほえつづけてはいるが、人にかみついたりすることはないと専門家《せんもんか》はみている。この事件《じけん》が今後どのように推移《すいい》するかは、その原因《げんいん》をさぐるところからはじめなければならない。

シルクハット専門
ご要望に
お答えします
暗闇帽子店

下にかくされた
時間《じかん》と場所《ばしょ》
をお売りします
ミエヌ商店

The Mirai Times ミライタイムズ

SILKHAT

昆《こん》虫《ちゅう》大《たい》量《りょう》発《はっ》生《せい》！
プールの水が甘《あま》いゼリーに!?

学校がゼリーでべとべと！

水泳《すいえい》の授業《じゅぎょう》を控《ひか》えた小学校で、プールの水が甘《あま》いゼリーに変貌《へんぼう》するという怪奇現象《かいきげんしょう》が各《かく》地《ち》で報告《ほうこく》されている。しかも、連日《れんじつ》の猛暑《もうしょ》でどろどろに溶《と》けながら増大《ぞうだい》し、校庭《こうてい》はあふれだしたゼリーでべとべと状態《じょうたい》に。この甘い匂《にお》いに誘《さそ》われた昆虫《こんちゅう》がプールに群《むら》がり、その数はふえつづけている。

おそわれる児童《じどう》たち

ゼリーの匂《にお》いがついた児童《じどう》たちに昆虫《こんちゅう》の大群《たいぐん》がおそいかかり、校内は大混乱《だいこんらん》におちいっている。昆虫はろう下や教室《きょうしつ》内《ない》に侵入《しんにゅう》し、授業《じゅぎょう》は崩壊《ほうかい》状態《じょうたい》だ。チョウやカマキリ、カブトムシなど多種《たしゅ》多様《たよう》な昆虫が教室を占《せん》拠《きょ》しており、このままでは学校じゅうがうめつくされてしまう。

しかし、大量《たいりょう》のゼリーを処分《しょぶん》する有効《ゆうこう》な手段《しゅだん》が見つからず、関係者《かんけいしゃ》は頭をかかえている。

5 1 ぬ
こ し い
4 れ 2
ね き う ぞ
0 ゆ 3 み

SILKHAT

The Mirai Times ミライタイムズ

ボールの怨念《おんねん》!?
体育館《たいいくかん》の天井《てんじょう》からねらいうち!

体育館《たいいくかん》のボールが児童《じどう》をおそう!

全国《ぜんこく》の小学校で、児童《じどう》が大量《たいりょう》のボールにねらいうちされる事件《じけん》が多発《たはつ》している。さまざまな種類《しゅるい》のボールが体育館《たいいくかん》の天井《てんじょう》付近《ふきん》から児童めがけて高《こう》速《そく》で飛《と》んでいくため、多くの学校で体育館での授《じゅ》業《ぎょう》やクラブ活動《かつどう》の無期《むき》限《げん》中止が決定《けってい》。学校関係者《かんけいしゃ》のあいだでは、粗末《そまつ》に扱《あつか》われたボールの怨念《おんねん》が原《げん》因《いん》とうわさされている。

町じゅうのボールが集結《しゅうけつ》!?

児童《じどう》たちをおそうボールは学校の備品《びひん》だけにとどまらない。調《ちょう》査《さ》により、近隣《きんりん》のスポーツ用品《ようひん》店《てん》や運動《うんどう》施《し》設《せつ》のボールが小学校の体育館《たいいくかん》に集《あつ》まっていることが判明《はんめい》している。

移動《いどう》の瞬間《しゅんかん》を目撃《もくげき》した児童は、「大量《たいりょう》のボールが吸《す》いこまれるように体育館にむかっていった」と証言《しょうげん》。ボールがなくなった施設からは被害届《ひがいとどけ》も提出《ていしゅつ》されている。

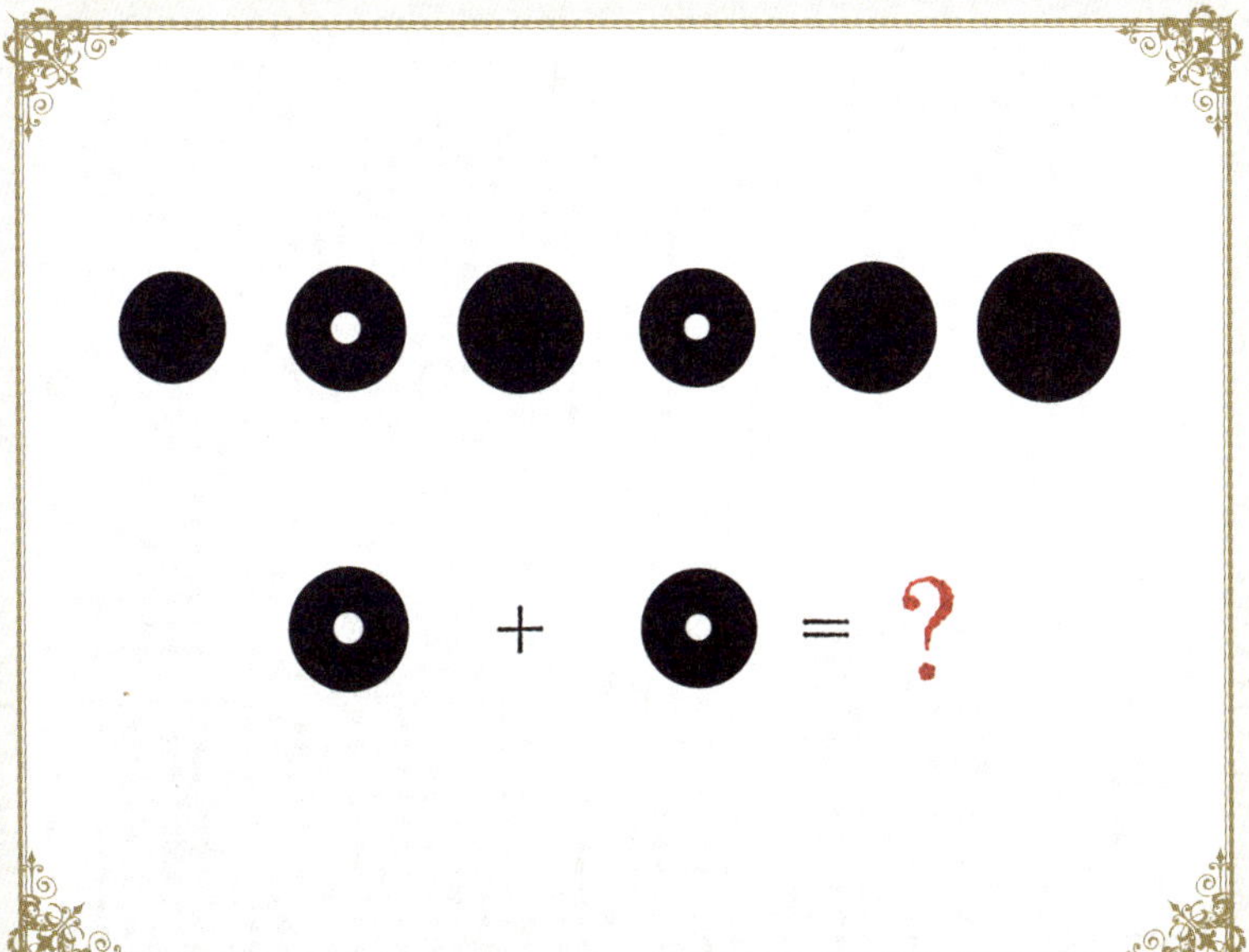

The Mirai Times
ミライタイムズ

マザッテキケン！　薬《くすり》が増殖《ぞうしょく》！
機能停止《きのうていし》の保健室《ほけんしつ》!?

一面《いちめん》の薬《くすり》の海！

小学校の保健室《ほけんしつ》の薬《くすり》が増殖《ぞうしょく》するという怪奇現象《かいきげんしょう》が、各地《かくち》で報告《ほうこく》されている。消毒薬《しょうどくやく》、飲《の》み薬《ぐすり》、塗《ぬ》り薬などあらゆる薬が容器《ようき》のふたを押《お》しあけてあふれだし、ベッドや治療《ちりょう》器具《きぐ》はうもれて使用《しよう》できない状態《じょうたい》だ。薬増殖のいきおいはおとろえることなく、部屋全体《へやぜんたい》が薬でうめつくされるのも時間の問題《もんだい》だ。

立ちのぼる奇《き》妙《みょう》な煙《けむり》

事件《じけん》発生《はっせい》の数時間後、多くの学校で怪《あや》しい色の煙《けむり》が目撃《もくげき》された。増殖《ぞうしょく》したさまざまな薬《くすり》がまざりあったことで化学反応《かがくはんのう》を起《お》こしたと見られているが、膨大《ぼうだい》な量《りょう》の薬があるため、いまだ発生源《はっせいげん》が特《とく》定《てい》されていない。

科学捜査《そうさ》研究所《けんきゅうじょ》は保《ほ》健室《けんしつ》を封鎖《ふうさ》し、混合物《こんごうぶつ》の分析《ぶんせき》を急《いそ》いでいる。

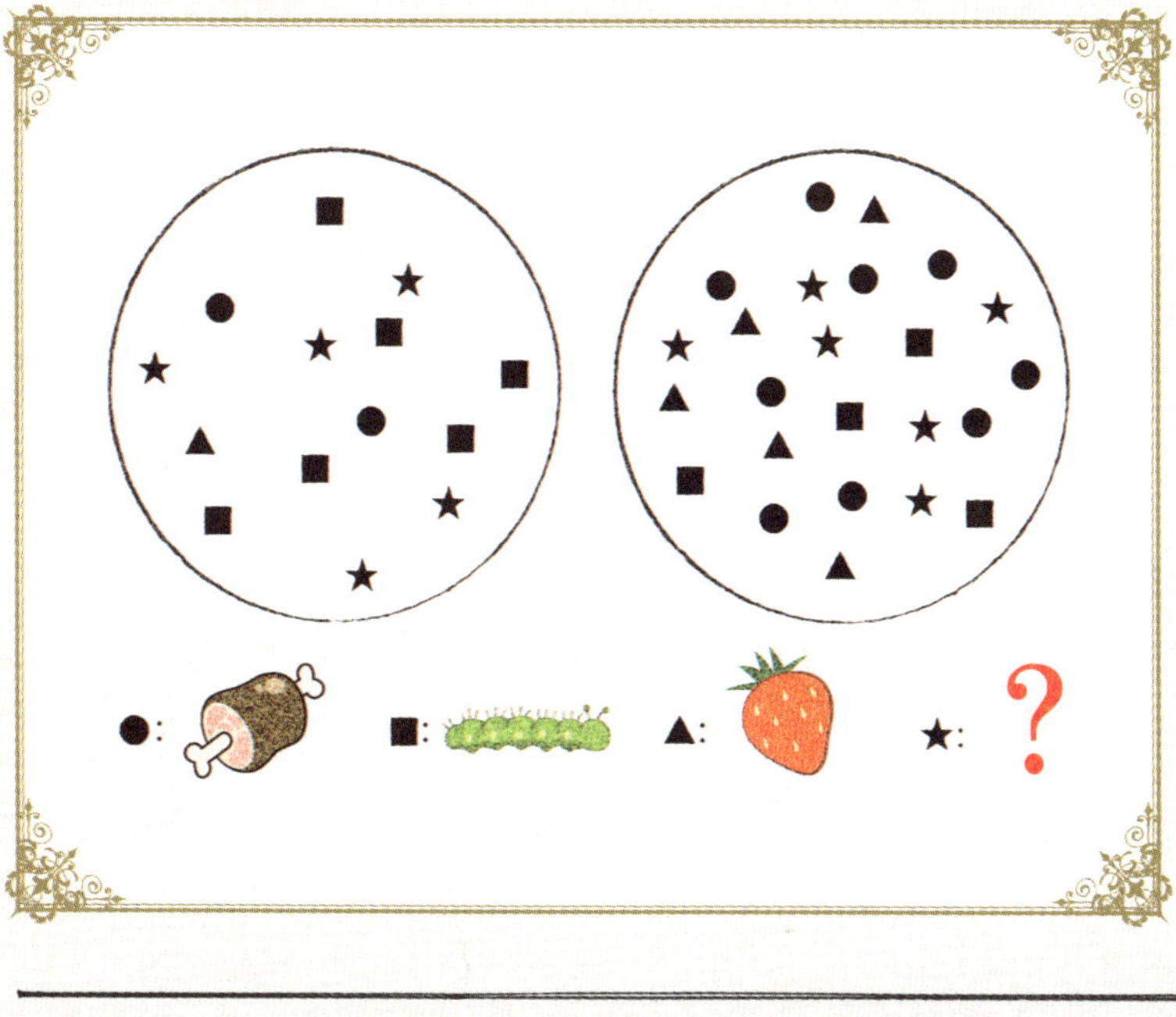

The Mirai Times
SILKHAT
ミライタイムズ

瞬間冷凍《しゅんかんれいとう》!?
氷《こおり》の中の給食《きゅうしょく》！

苦行《くぎょう》！ 匂《にお》いだけの給食《きゅうしょく》時間

給食《きゅうしょく》が厚《あつ》い氷《こおり》につつまれるという事件《じけん》が全国《ぜんこく》の小学校で発《はっ》生《せい》している。給食は教室に運《はこ》ばれるまでは異状《いじょう》がなく、児童《じどう》に配膳《はいぜん》された直後、瞬間的《しゅんかんてき》にトレーや食《しょっ》器《き》ごと凍《こお》ってしまう。児童は食事《しょくじ》をとれず、教室には料理《りょうり》の匂《にお》いだけが残《のこ》っている。

失《うしな》われた昼休み
教《きょう》室《しつ》は水びたし

児童《じどう》たちは空腹《くうふく》に耐《た》えかねて熱《ねつ》で溶《と》かそうとしたり、道具《どうぐ》を使《つか》ってくだくなど、連日《れんじつ》さまざまな方法《ほうほう》で氷《こおり》から給食《きゅうしょく》を取《と》りだそうと試《こころ》みるが、いずれも失敗《しっぱい》している。また、凍《こお》っていた給食は下校時間になると一斉《いっせい》に溶けだし、教室《きょうしつ》が水びたしになるという問題《もんだい》も起《お》きている。床《ゆか》には濡《ぬ》れた給食が残《のこ》され、児童は空腹のまま教室のそうじに追《お》われている。

？

つたけ
しみ
なぎ
ば
くわ
はん

The Mirai Times ミライタイムズ

知識《ちしき》と知恵《ちえ》が消滅《しょうめつ》！ 学校じゅうの本が白紙に!?

失《うしな》われた読書の時間

　小学校にあるすべての本が白紙になるという不可《ふか》解《かい》な事件《じけん》が発生《はっせい》している。捜査《そうさ》関係者《かんけいしゃ》によると、教科書や図書室にある本の文字、写真《しゃしん》、イラストが突然《とつぜん》消滅《しょうめつ》するという。児童《じどう》たちは読書ができなくなり、事態《じたい》を重《おも》く受《う》けとめた教育《きょういく》委員会《いいんかい》は、学校運営《うんえい》の見直しを検討《けんとう》している。

授業《じゅぎょう》はかくだけで時間切れ!?

今回の事件《じけん》によって、授業《じゅぎょう》では、教員《きょういん》が記憶《きおく》をたよりに教科書の内容《ないよう》を黒板《こくばん》に手がきしている。そのため、授業時間の大半が板書《ばんしょ》についやされる事態《じたい》となっている。児童《じどう》たちは板書をかきうつしつづけなければならないため、発言《はつげん》や議論《ぎろん》をすることなく授業が終《お》わってしまうという。さらにノートの取《と》りすぎでうでのしびれを訴《うった》える者《もの》も続出《ぞくしゅつ》している。

う－1＝わ

え－1＝に

し－1＝ん

た－1＝？

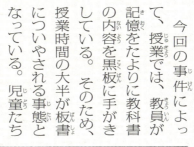

SILKHAT
The Mirai Times
ミライタイムズ

蛇口《じゃぐち》から接着剤《せっちゃくざい》!
手洗《てあら》い場《ば》が危険地帯《きけんちたい》に!

水の代《か》わりに接着剤噴出《せっちゃくざいふんしゅつ》
被害者多数《ひがいしゃたすう》

全国《ぜんこく》の小学校で、手洗《てあら》い場《ば》の蛇口《じゃぐち》から水の代《か》わりに接着剤《せっちゃくざい》が出るという事件《じけん》が多発《たはつ》している。出てくる接着剤は速乾性《そっかんせい》が高く、現場《げんば》は危険《きけん》な状況《じょうきょう》。水を飲《の》もうとして口と蛇口が接着されたり、あふれでた接着剤にからめとられて身動《みうご》きが取《と》れなくなるなど、多数の被害者《ひがいしゃ》が出ている。

人も物《もの》も はりつける脅威《きょうい》の接着力《せっちゃくりょく》

謎《なぞ》の接着剤《せっちゃくざい》による被《ひ》害《がい》は広がりつづけており、そうじの雑巾《ぞうきん》やバケツ、図工で使用《しよう》した絵《え》筆《ふで》やパレットなど、学校内の備品類《びひんるい》も次《つぎ》つぎと接着している。

研究機関《けんきゅうきかん》による解析《かいせき》の結果《けっか》、その接着力は市販《しはん》の接着剤の10倍《ばい》から15倍にも及《およ》ぶことが判明《はんめい》。早急《そうきゅう》な原因《げんいん》の解《かい》明《めい》と、はく離剤《りざい》の開発《かいはつ》が求《もと》められている。

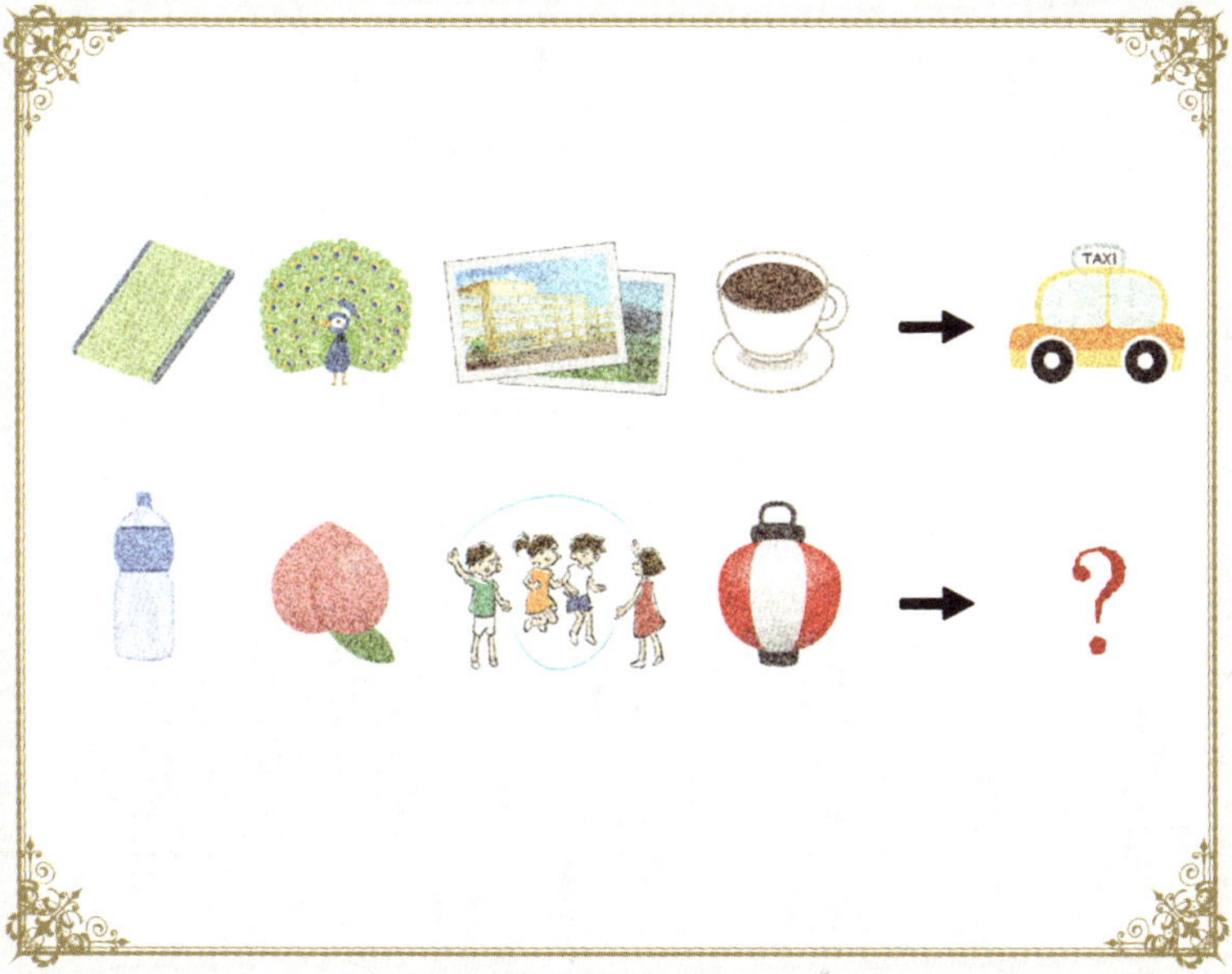

[プロフィール]

佐東みどり（さとう・みどり）

電波少年的放送局企画部「放送作家トキワ荘」出演の脚本家、小説家。アニメ「サザエさん」、「ハローキティとあそぼう! まなぼう!」、「シャキーン! ～謎新聞ミライタイムズ～」などの脚本を担当。小説「恐怖コレクター」シリーズ（角川つばさ文庫刊）の著者でもある。

フルカワマモる（ふるかわ・まもる）

日本デザイナー学院卒業。1996年「選タク」で週刊少年ジャンプH☆S賞佳作を受賞し、同作品で漫画家としてデビュー。「牛乳カンパイ係、田中くん」シリーズ、「実況! 空想研究所」シリーズ（ともに集英社みらい文庫刊）の挿絵を担当中。神奈川県出身。

謎新聞ミライタイムズ

①ゴミの嵐から学校を守れ!

2017年10月　第1刷

著	佐東みどり
絵	フルカワマモる
謎制作	SCRAP
デザイン	百足屋ユウコ＋豊田知嘉（ムシカゴグラフィクス）
執筆協力	小林英造
監修	「シャキーン!」制作スタッフ
制作協力	NHKエデュケーショナル
	「シャキーン!」©NHK
発行者	長谷川 均
編集	齋藤侑太　長谷川慶多
発行所	株式会社ポプラ社 〒160-8565　東京都新宿区大京町22-1 振替　00140-3-149271 電話　（編集）03-3357-2216　（営業）03-3357-2212 インターネットホームページ　www.poplar.co.jp
印刷・製本	中央精版印刷株式会社

ISBN 978-4-591-15597-4　N.D.C.913　223p　20×13cm

謎①の答え：こくご（のノートに）ちゅうもく　謎②の答え：ミライ